LA PRINCESSE D'ELIDE

COMEDIE

du sieur Molliere.

ENSEMBLE

LES PLAISIRS DE L'ISLE ENCHANTE'E.

COVRSE DE BAGVE,

Collation ornée de Machines, meslée de Danse & de Musique, Ballet du Palais d'Alcine, Feu d'Artifice: Et autres Festes galantes de Versailles.

A PARIS,

Chez ESTIENNE LOYSON au Palais a l'entrée de la Gallerie des Prisonniers au Nom de Iesus.

M.C.LXV.

AVEC PRIVILEGE DE SA MAIESTE.

LES PLAISIRS
DE L'ISLE
ENCHANTE'E.

COVRSE DE BAGVE, Collation ornée de Machines, Comedie de Molliere, Intitulée la Princesse d'Elide, meslée de Danse & de Musique, Ballet du Palais d'Alcine, Feu d'Artifice : Et autres Festes galantes & magnifiques ; faites par le Roy à Versailles, le 7. May 1664. Et continuées plusieurs autres Iours.

LE ROY voulant donner aux Reynes, & à toute sa Cour le plaisir de quelques Festes peu communes, dans vn lieu orné de tous les agréments qui peuuent faire admirer vne Maison de Campagne, choisit Versailles à quatre lieuës de Paris. C'est vn Chasteau qu'on peut nommer vn Palais Enchanté, tant les adjustemens de l'art ont bien secondé les soins que la Nature a pris pour le rendre parfait : Il charme en toutes manieres, tout y rit dehors

A ij

& dedans, l'or & le marbre y difputent de beauté
& d'efclat : Et quoy qu'il n'ayt pas cette grande
eftenduë qui fe remarque en quelques autres Palais de fa Majefté : Toutes chofes y font fi polies,
fi bien entenduës & fi acheuées, que rien ne le
peut efgaler. Sa Syméterie, la richeffe de fes
meubles, la beauté de fes promenades, & le
nombre infiny de fes fleurs, comme de fes oran-
gers, rendent les enuirons de ce lieu dignes de
fa rareté finguliére : La diuerfité des beftes con-
tenuës dans les deux Parcs, & dans la Mefnagerie, où plufieurs courts en Eftoilles font accom-
pagnées de Viuiers pour les animaux aquatiques,
auec de grands baftimens, joignent le plaifir
auec la magnificence, & en font vne maifon
accomplie.

CE fut en ce beau lieu où touté la Cour fe
rendit le cinquiefme de May, que le Roy
traitta plus de fix cent perfonnes jufques au quatorziefme ; outre vne infinité de gens neceffaires
à la Danfe & à la Comedie, & d'Artifans de toutes
fortes venus de Paris ; fi bien que cela paroiffoit
vne petite armée.
Le Ciel mefme fembla fauorifer les deffeins de
fa Majefté, puis qu'en vne faifon prefque toûjours pluuieufe on en fût quitte pour vn peu
de vent, qui fembla n'auoir augmenté, qu'afin
de faire voir que la preuoyance & la puiffance
du Roy eftoient à l'efpreuue des plus grandes
incommoditez ; de hautes toilles, des baftimens
de bois faits prefque en vn inftant, & vn nom-

bre prodigieux de flambeaux de cire blanche,
pour suppléer à plus de quatre mille bougies chaque journée, resisterent à ce vent, qui par tout
ailleurs eust rendu ces diuertissemens comme im-
possibles à acheuer.

Monsieur de Vigarini, Gentilhomme Mode-
nois, fort sçauant en toutes ces choses, inuenta
& proposa celles-cy; & le Roy commanda au
Duc de S. Aignan, qui se trouua lors en fon-
ction de premier Gentilhomme de sa Chambre,
& qui auoit déja donné plusieurs sujets de
Ballets fort agreables; de faire vn dessein où elles
fussent toutes comprises auec liaison & auec
ordre; de sorte qu'elles ne pouuoient manquer
de bien reussir.

Il prit pour sujet le Palais d'Alcine, qui donna
lieu au Tiltre des Plaisirs de l'Isle Enchantée;
puis que selon l'Ariofte le braue Roger & plusieurs autres bons Cheualiers y furent retenus
par les doubles charmes de la beauté, quoy qu'em-
pruntée, & du sçauoir de cette Magicienne; & en
furent déliurez apres beaucoup de temps con-
sommé dans les delices, par la bague qui destrui-
soit les enchantemens: C'estoit celle d'Angelique
que Melisse sous la forme du vieux Atlas, mit
enfin au doigt de Roger.

On fit donc en peu de jours orner vn Rond,
où quatre grandes allées aboutissent entre de
hautes palissades; de quatre Portiques de trente-
cinq pieds d'élevation, & de vingt-deux en quarré
d'ouuerture; de plusieurs festons enrichis d'or, &
de diuerses peintures auec les armes de sa Majesté.

Toute la Cour s'y estant placée le septiesme, il entra dans la place sur les six heures du soir vn Heraut d'Armes, representé par M. des Bardins, vestu d'vn habit à l'antique couleur de feu en broderie d'argent, & fort bien monté.

Il estoit suiuy de trois Pages : celuy du Roy, M. d'Artagnan, marchoit à la teste des deux autres, fort richement habillé de couleur de feu, liurée de sa Majesté, portant sa lance & son Escu, dans lequel brilloit vn Soleil de pierreries auec ces mots.

Nec Cesso, nec Erro.

Faisant allusion à l'attachement de sa Majesté aux affaires de son Estat, & la maniere auec laquelle il agit, ce qui estoit encore representé par ces quatre vers du President de Perigny, autheur de la mesme Deuise.

CE n'est pas sans raison que la Terre & les Cieux,
Ont tant d'estonnement pour vn Objet si rare ;
Qui dans son cours penible, autant que glorieux,
Iamais ne se repose, & jamais ne s'egare.

Les deux autres Pages estoient aux Ducs de S. Aignan & de Noailles ; Le premier Mareschal de Camp, & l'autre Iuge des Courses.

Celuy du Duc de S. Aignan portoit l'Escu de sa Deuise, & estoit habillé de sa liurée de toille d'argent enrichie d'or, auec les plumes incarnates

& noires, & les rubans de mefme : Sa Deuife
eftoit. Vn Thymbre d'horloge auec ces mots.

De mis golpes mi Ruido.

Le Page du Duc de Noailles eftoit veftu de
couleur de feu, argent & noir ; & le refte de la
liurée femblable ; la Deuife qu'il portoit dans
fon Efcu, eftoit un Aigle auec ces mots.

Fidelis & audax.

Quatre Trompettes & deux Tymbaliers, marchoient apres ces Pages, habillez de fatin couleur de feu, & argent ; leurs plumes de la mefme
liurée, & les caparaçons de leurs cheuaux couuerts d'une pareille broderie, auec des Soleils d'or,
fort efclatans aux banderolles des Trompettes,
& les couuertures des Tymballes.

Le Duc de S. Aignan, Marefchal de Camp,
marchoit apres eux armé à la Grecque, d'vne
cuiraffe de toile d'argent couuerte de petites
efcailles d'or, auffi bien que fon bas de faye ;
& fon Cafque eftoit orné d'vn Dragon, & d'vn
grand nombre de plumes blanches, meflées d'in-
carnat & de noir : Il montoit vn cheual blanc
bardé de mefme, & reprefentoit Guidon le
Sauuage.

Pour le Duc de Saint-Aignan, representant Guidon le Sauuage.

MADRIGAL.

Les combats que j'ay faits en l'Isle dangereuse,
    Quand de tant de Guerriers je demeure
            vainqueur,
      Suiuis d'vne épreuue amoureuse,
Ont signalé ma force aussi bien que mon cœur.
      La vigueur qui fait mon estime,
Soit qu'elle embrasse vn party legitime,
      Ou qu'elle vienne à s'eschapper ;
Fait dire, pour ma gloire, aux deux bouts de la
      Terre,
    Qu'on n'en void point en toute guerre,
Ny plus sonnent ny mieux frapper.

POVR LE MESME.

Seul contre dix Guerriers, seul contre dix Pu-
   celles
C'est auoir sur les bras deux étranges querelles,
Qui sort à son honneur de ce double combat
Doit estre ce me semble vn terrible Soldat.

Huit Trompettes & deux Tymbaliers, vestus comme les premiers, marchoient apres le Mareschal de Camp.

LE ROY representant Roger les suiuoit,

montant vn des plus beaux cheuaux du monde,
dont le harnois couleur de feu esclattoit d'or,
d'argent & de pierreries : Sa Majesté estoit armée
à la façon des Grecs comme tous ceux de sa Quadrille, & portoit vne cuirasse de lame d'argent,
couuerte d'une riche broderie d'or & de diamans.
Son port & toute son action estoient dignes de
son rang ; son Casque tout couuert de plumes
couleur de feu, auoit vne grace incomparable ; &
jamais vn air plus libre, ny plus guerrier, n'a
mis vn mortel au dessus des autres hommes.

S O N N E T.

Pour le ROY representant ROGER.

QVelle taille, quel port a ce fier Conquérant !
    Sa personne éblouït quiconque l'examine,
Et quoy que par son Poste il soit déja si Grand,
Quelque chose de plus éclate dans sa mine.

Son front de ses Destins est l'auguste garant,
Par delà ses Ayeux sa vertu l'achemine,
Il fait qu'on les oublie, & de l'air qu'il s'y prend
Bien loin derriere luy laisse son origine.

De ce cœur genereux c'est l'ordinaire employ,
D'agir plus volontiers pour Autruy que pour soy,
Là principalement sa force est occupée :

Il efface l'éclat des Héros anciens,
N'a que l'honneur en veuë, & ne tire l'épée
Que pour des interests qui ne sont pas les siens.

Le Duc de Noailles, Iuge du Camp sous le nom d'Oger le Danois, marchoit apres le Roy, portant la couleur de feu & le noir sous vne riche broderie d'argent, & ses plumes aussi bien que tout le reste de son esquipage estoient de cette mesme liurée.

Le Duc de Noailles. *Oger le Danois Iuge du Camp.*

CE Paladin s'applique a cette seule affaire
De seruir dignement le plus puissant des Rois,
Comme pour bien juger il faut sçauoir bien faire,
Ie doute que personne appelle de sa voix.

Le Duc de Guise & le Comte d'Armagnac marchoient ensemble apres luy. Le premier portant le nom d'Aquilant le Noir, auoit vn habit de cette couleur en broderie d'or & de geaix; ses plumes, son cheual, & sa lance assortissoient à sa liurée : Et l'autre representant Griffon le Blanc, portoit sur vn habit de toile d'argent plusieurs rubis, & montoit vn cheual blanc bardé de la mesme couleur.

Le Duc de Guise. *Aquilant le Noir.*

LA Nuit a ses beautez de mesme que le jour,
Le Noir est ma couleur, je l'ay toûjours aymée,
Et si l'obscurité conuient à mon Amour,
Elle ne s'estend pas jusqu'à ma Renommée.

Le Comte d'Armagnac. *Griffon le Blanc.*

Voyez quelle candeur en moy le Ciel a mis,
Auſſi nulle beauté ne s'en verra trompée,
Et quand il ſera temps d'aller aux ennemis
C'eſt où je me feray tout blanc de mon épée.

Les Ducs de Foix & de Coaſlin qui pa-
roiſſoient en ſuite, eſtoient veſtus l'vn d'incar-
nat auec or & argent ; & l'autre de vert, blanc
& argent : Toute leur liurée & leurs cheuaux
eſtant dignes du reſte de leur équipage.

Pour le Duc de Foix. *Renaud.*

IL porte vn Nom celebre, il eſt jeune, il eſt ſage,
A vous dire le vray c'eſt pour aller bien haut,
Et c'eſt vn grand bonheur que d'auoir à ſon âge
La chaleur neceſſaire, & le flegme qu'il faut.

Le Duc de Coaſlin. *Dudon.*

TRop auant dans la Gloire on ne peut s'en-
gager,
I'auray vaincu ſept Rois, & par mon grand courage
Les verray tous ſoûmis au pouuoir de ROGER,
Que je ne ſeray pas content de mon Ouurage.

Apres eux marchoient le Comte du Lude &
le Prince de Marſillac, le premier veſtu d'in-

carnat & blanc; & l'autre de jaune , blanc &
noir, enrichis de broderie d'argent, leur liurée de
mesme, & fort bien montez.

Le Comte du Lude. *Astolphe.*

DE tous les Paladins qui font dans l'Vniuers
　Aucun n'a pour l'Amour l'ame plus échauffée,
Entreprenant toûjours mille projets diuers,
Et toûjours enchanté par quelque jeune FE'E.

Le Prince de Marsillac. *Brandimart.*

MEs vœux feront contens , mes fouhaits ac-
　　complis,
Et ma bonne fortune à fon comble arriuée [DELIS,
Quand vous fçaurez mon zele, aymable FLEVR-
Au milieu de mon cœur profondément grauée.

Les Marquis de Villequier & de Soyecourt,
marchoient en fuite; l'vn portoit le bleu & argent; & l'autre le bleu, blanc, & noir auec or
& argent; leurs plumes , & les harnois de leurs
cheuaux eftoient de la mefme couleur, & d'vne
pareille richeffe.

Le Marquis de Villequier *Richardet.*

PErfonne comme moy n'eft forty galamment
　D'vne intrigue où fans doute il falloit quelque
Perfonne à mon auis plus agreablement [adreffe,
N'eft demeuré fidelle en trompant fa Maiftreffe.

Le Marquis de Soyecourt. *Oliuier.*

VOicy l'honneur du Siecle, aupres de qui nous
        sommes,
Et mesme les Geants, de mediocres Hommes,
Et ce franc Cheualier à tout venant tout prest
Toûjours pour quelque-Iouste a la lance en arrest.

Les Marquis d'Humieres & de la Valliere les
suiuoient, Ce premier portant la couleur de
chair & argent; & l'autre le gris de lin, blanc
& argent : toute leur liurée estant la plus riche,
& la mieux assortie du monde.

Le Marquis d'Humieres. *Ariodant.*

IE tremble dans l'accés de l'amoureuse fiéure,
Ailleurs sans vanité je ne tremblay jamais,
Et ce charmant objet, l'adorable GENE'VRE,
Est l'vnique vainqueur à qui je me soûmets.

Le Marquis de la Valliere. *Zerbin.*

QVelques beaux sentimens que la gloire nous
        donne
Quand on est amoureux au souuerain dégré,
Mourir entre les bras d'vne belle Personne
Est de toutes les morts la plus douce à mon gré.

Monsieur le Dvc marchoit seul, portant
pour sa liurée la couleur de feu, blanc & argent :
vn grand nombre de Diamans estoient attachez

ſur la magnifique broderie, dont ſa cuiraſſe, &
ſon bas de ſaye eſtoient couuerts ; ſon caſque
& le harnois de ſon cheual en eſtant auſſi enrichis.

Monſieur le Duc. *Roland.*

ROland fera bien loin ſon grand Nom retentir,
La Gloire deuiendra ſa fidelle Compagne,
Il eſt ſorty d'vn ſang qui bruſle de ſortir
Quand il eſt queſtion de ſe mettre en campagne,
Et pour ne vous en point mentir
C'eſt le pur ſang de Charlemagne.

VN Char de dix-huit pieds de haut, de
vingt-quatre de long, & de quinze de large,
paroiſſoit en ſuite eſclatant d'or & de diuerſes
couleurs : Il repreſentoit celuy d'Apollon, en
l'honneur duquel ſe celebroient autrefois les
Ieux Pythiens, que ces Cheualiers s'eſtoient
propoſez d'imiter en leurs Courſes & en leur
équipage : Cette Diuinité brillante de lumieres
eſtoit aſſiſe au plus haut du Char, ayant à ſes
pieds les quatre Aages ou Siecles, diſtinguez par
de riches habits, & par ce qu'ils portoient à la
main.

Le Siecle d'Or orné de ce precieux metail,
eſtoit encore paré de diuerſes Fleurs, qui faiſoient
vn des principaux ornemens de cét heureux Aage.

Ceux d'Argent & d'Airain, auoient auſſi
leurs remarques particulieres.

Et celuy de Fer, estoit representé par vn Guerrier d'vn regard terrible, portant d'vne main l'espée, & de l'autre le bouclier.

Plusieurs autres grandes Figures de relief paroient les costez de ce Char magnifique : Les Monstres Celestes, le Serpent Python, Daphné, Hyacinthe ; & les autres Figures qui conuiennent à Apollon, auec vn Atlas portant le Globe du Monde, y estoient aussi releuez d'vne agreable sculpture : Le Temps representé par le Sieur Millet, auec sa faux, ses aisles, & cette vieillesse decrepite, dont on le peint toûjours accablé, en estoit le conducteur : Quatre cheuaux d'vne taille & d'vne beauté peu communes, couuerts de grandes housses semées de Soleils d'Or, & attellez de front, tiroient cette Machine.

Les douze Heures du jour & les douze Signes du Zodiaque, habillez fort superbement, comme les Poëtes les dépeignent, marchoient en deux files aux deux costez de ce Char.

Tous les Pages des Cheualiers le suiuoient deux à deux (apres celuy de Monsieur le Duc) fort proprement vestus de leurs liurées, auec quantité de plumes ; portant les lances de leurs maistres, & les Escus de leurs Deuises.

Le Duc de Guise, representant Aquilant le Noir, ayant pour Deuise, vn Lyon qui dort, auec ces mots.

Et quiescente pauescunt.

Le Comte d'Armagnac, repreſentant Griffon le Blanc, ayant pour Deuiſe vne Hermine, auec ces mots.

Ex candore decus.

Le Duc de Foix, repreſentant Renaud, ayant pour Deuiſe vn Vaiſſeau dans la Mer, auec ces mots.

Longe leuis aura feret.

Le Duc de Coaſlin, repreſentant Dudon, ayant pour Deuiſe vn Soleil, & l'Heliotrope ou Tourneſol, auec ces mots.

Splendor ab obſequio.

Le Comte du Lude, repreſentant Aſtolphe, ayant pour Deuiſe vn Chiffre en forme de nœud, auec ces mots.

Non ſia mai ſciolto.

Le Prince de Marſillac, repreſentant Brandimart, ayant pour Deuiſe vne Montre en relief dont on voit tous les reſſorts, auec ces mots.

Chieto fuor commoto dentro.

Le Marquis de Villequier, repreſentant Richardet, ayant pour Deuiſe vn Aigle qui plane deuant le Soleil, auec ces mots.

Vni militat Aſtro.

Le

Le Marquis de Soyecourt, representant Oliuier, ayant pour Deuise la Massuë d'Hercule,
auec ces mots.

Vix æquat fama labores.

Le Marquis d'Humieres, representant Ario-
dant, ayant pour Deuise toutes sortes de Cou-
ronnes, auec ces mots.

No quiero Menos.

Le Marquis de la Valliere, representant Zer-
bin, ayant pour Deuise vn Phœnix sur vn bu-
cher allumé par le Soleil, auec ces mots.

Hoc juuat vri,

Monsieur le Dvc, representant Roland, ayant
pour Deuise vn Dard entortillé de Lauriers, auec
ces mots.

Certo ferit.

Vingt Pasteurs chargez des diuers pieces de la Barriere, qui deuoit estre dressée pour la Course de Bague , formoient la derniere Troupe qui entra dans la Lice : Ils portoient des vestes couleur de feu enrichie d'argent, & des coiffures de mesme.

Aussi-tost que ces Troupes furent entrées dans le Camp, elles en firent le tour, & apres auoir salüé les Reynes , elles se separerent , & prirent chacun leur poste : Les Pages de la teste, les Trompettes & les Tymballiers se croisants, s'allerent poster sur les aisles : Le Roy s'aduancant au milieu, prit sa place vis à vis du haut Dais : Monsieur le Duc proche de sa Majesté : Les Ducs de S. Aignan & de Noailles à droit & à gauche : Les dix Cheualiers en haye aux deux costez du Char : Leurs Pages au mesme Ordre derriere eux : Les Signes & les Heures comme ils estoient entrez.

Lors qu'on eut fait alte en cét estat, vn profond silence causé tout ensemble par l'attention & par le respect; donna le moyen à Mad^{lle} de Brie , qui representoit le Siecle d'Airain, de commencer ces vers à la loüange de la Reyne, addressez à Apollon.

LE SIECLE D'AIRAIN à Apollon.

Brillant Pere du jour, Toy de qui la puissance
Par ses diuers aspects nous donna la naissance ;

Toy l'espoir de la Terre, & l'ornement des Cieux ;
Toy le plus necessaire & le plus beau des Dieux ;
Toy dont l'actiuité, dont la bonté suprême
Se fait voir & sentir en tous lieux par soy-mesme :
Dis nous par quel destin, ou par quel nouueau
    choix
Tu celebre tes Ieux aux riuages François ?

APOLLON.

Si ces lieux fortunez ont tout ce qu'eût la Grece
De gloire, de valeur, de merite & d'adresse ;
Ce n'est pas sans raison qu'on y voit transferez
Ces Ieux, qu'à mon honneur la terre a consa-
    crez :
I'ay toûjours pris plaisir à verser sur la France
De mes plus doux Rayons la benigne influence :
Mais le charmant objet qu'Hymen y fait regner,
Pour elle maintenant me fait tout desdaigner.
Depuis vn si long-temps que pour le bien du
    monde
Ie fais l'immense tour de la terre & de l'onde,
Iamais je n'ay rien veu si digne de mes feux,
Iamais vn sang si noble, vn cœur si genereux,
Iamais tant de lumiere auec tant d'innocence ;
Iamais tant de jeunesse auec tant de prudence ;
Iamais tant de grandeur auec tant de bonté ;
Iamais tant de sagesse auec tant de beauté.
Mille Climats diuers qu'on vit sous la puissance
De tous les demi-Dieux dont elle prit naissance,
Cedant à son merite autant qu'à leur deuoir,
Se trouueront vn jour vnis sous son pouuoir.

Ce qu'eurent de grandeurs & la France &
 l'Espagne,
Les droicts de Charles-Quint, les droits de Charle-
 Magne,
En elle auec leur sang heureusement transmis,
Rendront tout l'Vniuers à son Trosne soûmis :
Mais vn Titre plus grand, vn plus noble partage
Qui l'esleue plus haut, qui luy plaist d'auantage;
Vn nom qui tient en soy les plus grands noms vnis,
C'est le nom glorieux d'Epouse de LOVIS.

LE SIECLE D'ARGENT.

Quel destin fait briller auec tant d'injustice
Dans le siecle de fer vn Astre si propice ?

LE SIECLE d'OR.

Ah ! ne murmure point contre l'ordre des Dieux,
Loin de s'en orgueillir, d'vn don si precieux,
Ce siecle qui du Ciel a merité la haine
En deuroit augurer sa ruine prochaine,
Et voir qu'vne vertu qu'il ne peut suborner,
Vient moins pour l'anoblir que pour l'exterminer.
Si-tost qu'elle paroist dans cette heureuse terre,
Voy comme elle en banit les fureurs de la guerre :
Comment depuis ce jour d'infatigables mains
Trauaillent sans relâche au bon-heur des humains;
Par quels secrets ressors vn Heros se prepare
A chasser les horreurs d'vn siecle si barbare,
Et me faire reuiure auec tous les plaisirs,
Qui peuuent contenter les innocens desirs.

LE SIECLE DE FER.

Ie sçais quels ennemis ont entrepris ma perte,
Leurs desseins sont connus, leur trasme est descou-
    uerte ;
Mais mon cœur n'en est pas à tel point abatu...

APOLLON.

Contre tant de grandeur, contre tant de vertu,
Tous les monstres d'Enfer vnis pour ta deffense
Ne feroient qu'vne foible & vaine resistance :
L'Vniuers opprimé de ton joug rigoureux,
Va gouster parta fuite vn destin plus heureux :
Il est temps de ceder à la Loy souueraine
Que t'imposent les vœux de cette auguste Reyne ;
Il est temps de ceder aux trauaux glorieux
D'vn Roy fauorisé de la Terre & des Cieux :
Mais icy trop long-temps ce different m'arreste,
A de plus doux combats cette Lice s'apreste,
Allons la faire ouurir, & ployons des Lauriers,
Pour couronner le front de nos fameux Guerriers.

TOus ces Recits acheuez, la Course de Bague
commença, en laquelle apres que le Roy
eut fait admirer l'addresse & la grace qu'il a en
cét exercice, comme en tous les autres, & plusieurs belles Courses, & de tous ces Cheualiers :
le Duc de Guise, les Marquis de Soyecourt & de
la Valliere demeurerent à la dispute, dont ce dernier emporta le prix ; qui fut vne espée d'or enrichie de Diamans, auec des boucles de baudrier de

valeur , que donna la Reyne Mere , & dont elle
l'honnora de sa main.

La nuit vint cependant à la fin des Courses,
par la justesse qu'on auoit eu à les commencer:
Et vn nombre infiny de lumieres ayant esclairé
tout ce beau lieu ; l'on vid entrer dans la mesme
place.

Trente-quatre Concertans fort bien vestus,
qui deuoient preceder les Saisons ; & faisoient
le plus agreable concert du monde.

Pendant que les Saisons se chargoient des
mets delicieux qu'elles deuoient porter , pour
seruir deuant leurs Majestez la magnifique collation qui estoit preparée : Les douze Signes du
Zodiaque , & les quatre Saisons danserent dans
le rond vne des plus belles entrées de Ballet
qu'on eut encore veuë.

Le Printemps parut en suite sur vn cheual
d'Espagne , représenté par Mad^{lle} du Parc ; qui
auec le sexe & les auantages d'vne femme,faisoit
voir l'addresse d'vn homme : Son habit estoit
vert en broderie d'argent,& de fleurs au naturel.

L'Esté le suiuoit , représenté par le Sieur du
Parc , sur vn Elephant , couuert d'vne riche
housse.

L'Automne aussi aduantageusement vestuë ,
représentée par le Sieur de la Thorilliere , venoit
apres monté sur vn Chameau.

L'Hyuer suiuoit sur vn Ours , représenté par
le Sieur Bejar.

Leur suite estoit composée de quarante-huit
personnes , qui portoient toutes sur leurs testes

de grands baſſins pour la collation.

Les douze premiers couuerts de fleurs , portoient, comme des Iardiniers , des Corbeilles pintes de vert & d'argent, garnies d'vn grand nombre de porcelaines, ſi remplies de confitures & d'autres choſes delicieuſes de la Saiſon, qu'ils eſtoient courbez ſous cét agreable faix.

Douze autres, comme Moiſſonneurs, veſtus d'habits conformes à cette profeſſion, mais fort riches, portoient des baſſins de cette couleur incarnate, qu'on remarque au Soleil Leuant, & ſuiuoient l'Eſté.

Douze veſtus en Vandangeurs, eſtoient couuerts de feuilles de vignes & de grappes de raiſins ; & portoient dans des paniers feuille-morte, remplis de petits baſſins de cette meſme couleur, diuers autres fruits & confitures à la ſuite de l'Automne.

Les douze derniers , eſtoient des Vieillards gelez, dont les fourrures & la deſmarche marquoient la froideur & la foibleſſe, portant dans des baſſins couuerts d'vne glace & d'vne neige ſi bien contrefaites , qu'on les eut pris pour la choſe meſme, ce qu'ils deuoient contribüer à la Collation, & ſuiuoient l Hyuer.

Quatorze Concertans de Pan & de Diane precedoient ces deux Diuinitez, auec vne agreable Harmonie de Flutes & de Muſettes.

Elles venoient en ſuite ſur vne Machine fort ingenieuſe en forme d'vne petite Montagne ou Roche ombragée de pluſieurs arbres ; mais ce qui eſtoit plus ſurprenant , c'eſt qu'on la voyoit portée en l'air, sans que l'artifice qui la faisoit mouuoir, se peust descouurir à la veuë.

Vingt autres personnes les suiuoient, portans des viandes de la Mesnagerie de Pan, & de la Chasse de Diane.

Dix-huit Pages du Roy fort richement vestus, qui deuoient seruir les Dames à Table, faisoient les derniers de cette Troupe ; laquelle estant rangée, Pan, Diane & les Saisons se presentant deuant la Reyne ; Le Printemps luy addressa le premier ces Vers.

LE PRINTEMPS.

A LA REYNE.

Entre toutes les fleurs nouuellement écloses,
    Dont mes Iardins sont embellis,
Méprisant les jasmins, les œillets & les roses,
Pour payer mon tribut j'ay fait choix de ces lys,
Que de vos premiers ans vous auez tant cheris :
LOVIS les fait briller du couchant à l'aurore,
Tout l'Vniuers charmé les respecte & les craint ;
Mais leur regne est plus doux & plus puissant
    encore,
    Quand ils brillent sur vostre teint.

L'ESTE'.

Surpris vn peu trop promptement,
I'apporte à cette Feste vn leger ornement ;

Mais auant que ma ſaiſon paſſe,
Ie feray faire à vos Guerriers,
Dans les campagnes de la Trace,
Vne ample moiſſon de Lauriers.

L'AVTOMNE.

Le Printemps orgueilleux de la beauté des fleurs
Qui luy tomberent en partage,
Pretend de cette Feſte auoir tout l'auantage,
Et nous croit obſcurcir par ſes viues couleurs :
Mais vous vous ſouuiëdrez, Princeſſe ſans ſeconde,
De ce fruit precieux qu'a produit ma ſaiſon,
Et qui croiſt dans voſtre maiſon,
Pour faire quelque jour les delices du Monde.

L'HYVER

La neige, les glaçons que j'apporte en ces lieux,
Sont des mets les moins precieux,
Mais ils ſont des plus neceſſaires,
Dans vne Feſte où mille objets charmans,
De leurs œillades meurtrieres,
Font naiſtre tant d'embraZemens.

DIANE.
A LA REYNE.

Nos bois, nos rochers, nos montagnes,
Tous nos chaſſeurs, & mes compagnes
Qui m'ont toûjours rendu des honneurs ſouuerains;
Depuis que parmy nous ils vous ont veu paroiſtre,
Ne veulent plus me reconnoiſtre,
Et chargeZ de preſens, viennent auec moy
Vous porter ce tribut pour marque de leur foy.

Les habitans legers de cét heureux boccage,
De tomber dans vos rets font leur sort le plus doux,
Et n'estiment rien dauantage,
Que l'heur de perir de vos coups :
Amour dont vous auez la grace & le visage,
A le mesme secret que vous.

PAN.

Ieune Diuinité, ne vous estonnez pas,
Lors que nous vous offrons en ce fameux repas
L'eslite de nos bergeries :
Si nos troupeaux goustent en paix
Les herbages de nos prairies.
Nous deuons ce bon-heur à vos diuins attraits.

CEs Recits acheuez, vne grande Table en
forme de Croissant, rond d'vn costé, où
l'on deuoit couurir & garnir de fleurs celuy
où elle estoit creuze, vint à se descouurir.

Trente-six Violons tres-bien vestus, parurent
derriere sur vn petit Theatre : pendant que Messieurs de la Marche, & Parfait Pere, Frere, &
Fils Controlleurs Generaux, sous les noms de
l'Abondance, de la Ioye, de la Propreté, & de
la Bonne-Chere ; l'a firent couurir par les Plaisirs, par les Ieux, par les Ris, & par les Delices.

Leurs Majestez s'y mirent en cét Ordre, qui
preuint tous les embarras, qui eussent pû naistre
pour les rangs.

La Reyne Mere estoit assise au milieu de la
Table ; & auoit a sa main droite.

LE ROY.

Mademoiselle d'Alençon.
Madame la Princeſſe.
Mademoiſelle d'Elbeuf.
Madame de Bethune.
Madame la Ducheſſe de Crequy.

MONSIEVR.

Madame la Ducheſſe de S. Aignan.
Madame la Mareſchalle du Pleſſis.
Madame la Mareſchalle d'Eſtampes.
Madame de Gourdon.
Madame de Monteſpan.
Madame d'Humieres.
Mademoiſelle de Brancas.
Madame d'Armagnac.
Madame la Comteſſe de Soiſſons.
Madame la Princeſſe de Bade.
Mademoiſelle de Grançay.

DE L'AVTRE COSTE', ESTOIENT ASSISES,

LA REYNE.

Madame de Carignan.
Madame de Flaix.
Madame la Ducheſſe de Foix.
Madame de Brancas.
Madame de Froulay.
Madame la Ducheſſe de Nauailles,
Mademoiſelle d'Ardennes.
Mademoiſelle de Cologon.
Madame de Cruſſol.
Madame de Montauzier.

MADAME.

Madame la Princeſſe Benedicte.

Madame la Duchesse.
Madame de Rouuroy.
Mademoiselle de la Mothe.
Madame de Marsé.
Mademoiselle de la Valliere.
Mademoiselle d'Artigny.
Mademoiselle du Bellay,
Mademoiselle de Dampierre.
Mademoiselle de Fiennes.

La sumptuosité de cette Collation passoit tout ce qu'on en pourroit escrire, tant par l'abondance, que par la delicatesse des choses qui y furent seruies : Elle faisoit aussi le plus bel objet qui puisse tomber sous les sens : puis que dans la nuit aupres de la verdeur de ces hautes palissades, vn nombre infiny de Chandeliers peints de vert & d'argent, portant chacun vingt-quatre bougies, & deux cent flambeaux de cire blanche, tenus par autant de personnes vestus en Masques, rendoient vne clarté, presque aussi grande & plus agreable que celle du jour. Tous les Cheualiers auec leurs Casques couuerts de plumes de differentes couleurs, & leurs habits de la Course estoient appuyez sur la Barriere, & ce grand nombre d'Officiers richement vestus, qui seruoient, en augmentoient encore la beauté, & rendoient ce rond vne chose enchantée, duquel apres la Collation, leurs Majestez & toute la Cour, sortirent par le Portique opposé à la Barriere ; & dans vn grand nombre de Galesches fort adjustées, reprirent le chemin du Chasteau.

Fin de la premiere Iournée.

SECONDE IOVRNEE.

DES PLAISIRS DE L'ISLE ENCHANTE'E.

LORS que la nuit du second jour fut venuë, Leurs Majeſtez ſe rendirent dans vn autre rond enuironné de paliſſades comme le premier, & ſur la meſme ligne, s'auançant toûjours vers le Lac, où l'on feignoit que le Palais d'Alcine eſtoit baſty.

Le deſſein de cette ſeconde Feſte, eſtoit que Roger & les Cheualiers de ſa Quadrille, apres auoir fait des merueilles aux Courſes, que par l'ordre de la belle Magicienne ils auoient fait en faueur de la Reyne, continüoient en ce meſme deſſein pour le diuertiſſement ſuiuant ; & que l'Iſle flotante n'ayant point eſloigné le riuage de la France, ils donnoient à ſa Majeſté le plaiſir d'vne Comedie, dont la Scene eſtoit en Elide.

Le Roy fit donc couurir de toilles, en si peu
de temps qu'on auoit lieu de s'en estonner, tout
ce rond d'vne espece de Dome, pour deffendre
contre le vent le grand nombre de Flambeaux &
de Bougies qui deuoient esclairer le Theatre,
dont la decoration estoit fort agreable. Aussi-
tost qu'on eut tiré la toille vn grand Concert de
plusieurs Instrumens se fit entendre : Et l'Aurore
representée par Mademoiselle Hilaire, ouurit la
Scene, & chanta ce Recit.

PREMIERE INTERMEDE

SCENE PREMIERE.

RECIT DE L'AVRORE.

QVand l'Amour à vos yeux offre vn choix agrea
    Ieunes beautez laissez-vous enflamer.
Mocquez-vous d'affecter cét orgueil indomptable
Dont on vous dit qu'il est beau de s'armer :
    Dans l'âge où l'on est aymable
    Rien n'est si beau que d'aymer.

    Soûpirez librement pour vn amant fidelle,
Et brauez ceux qui voudroient vous blasmer ;
Vn cœur tendre est aymable, & le nom de cruelle
N'est pas vn nom à se faire estimer :
    Dans le temps où l'on est belle
    Rien n'est si beau que d'aymer.

SCENE DEVXIESME.

Valets de Chiens , & Muſiciens.

PEndant que l'Aurore chantoit ce Recit , quatre Valets de Chiens eſtoiët couchez ſur l'Herbe,
dont l'vn (ſoûs la figure de Liciſcas) repreſenté par
par le Sieur de Moliere , excellent Acteur , de l'inuention duquel eſtoient les Vers & toute la piece)
ſe trouuoir au milieu de deux , & vn autre à ſes
pieds : Qui eſtoient les Sieurs Eſtiual , Don , &
Blondel de la Muſique du Roy , dont les voix
eſtoient admirables.

Ceux-cy en ſe reueillant a l'arriuée de l'Aurore,
ſi-toſt qu'elle eut chanté, s'eſcrierent en Concert.

Hola? hola? debout, debout, debout :
Pour la Chaſſe ordonnée il faut preparer tout
Hola ? ho debout, viſte debout.

Ier.

Iuſqu'aux plus ſombres lieux le jour ſe commu-
nique,

IIme.

L'air ſur les fleurs en perles ſe reſout.

IIIme.

Les Roſſignols commencent leur Muſique,
Et leurs petits concerts retentiſſent par tout.

TOVS ENSEMBLE.

Sus, ſus debout , viſte debout ?
Qu'eſt-cecy, Liciſcas, quoy ? tu romfles encore,
Toy qui promettois tant de deuancer l'Aurore ?

Parlãt
à Li-
ciſcas

Allons debout, viste debout,
Pour la Chasse ordonnée il faut preparer tout, du.
Debout, viste debout, despeschons ; debout. mon.

          LYCISCAS *en s'esueillant.*

Par la morbleu vous estes de grands braillars
   vous autres, & vous auez la gueule ou-
   uerte de bon matin ?

          MVSICIENS.

Ne vois-tu pas le jour qui se respand par tout?
Allons debout, Lyciscas debout.

          LYCISCAS.

Hé ! laissez-moy dormir encor vn peu je vous
   conjure ?

          MVSICIENS.

Non, non debout, Lyciscas debout.

          LYCISCAS.

Ie ne vous demande plus qu'vn petit quart
   d'heure ?

          MVSICIENS.

Point, point debout, viste debout.

          LYCISCAS.

          Hé ! je vous prie ?

          MVSICIENS.

Debout.

          LYCISCAS.

Vn moment.

          MVSICIINS.

Debout.

          LYCISCAS.

De grace.

          MVSICIENS.

Debout.

                    LYCISCAS.

LYCISCAS.

Eh.

MVSICIENS.

Debout.

LYCISCAS.

Ie....

MVSICIENS.

Debout.

LYCISCAS.

I'auray fait incontinent.

MVSICIENS.

Non, non debout Lycifcas debout :
Pour la Chaffe ordonnée il faut preparer tout ;
Vifte debout, defpefchons, debout.

LYCISCAS.

Et bien laiffez-moy, je vais me leuer: Vous
eftes d'eftranges gens de me tourmenter comme
cela : Vous ferez caufe que je ne me porteray pas
bien de toute la journée ; car, voyez-vous, le
fommeil eft neceffaire à l'homme, & lors qu'on
ne dort pas fa refection , il arriue... que... on
eft...

Ier.

Lycifcas.

IIme.

Lycifcas.

IIIme.

Lycifcas.

TOVS ENSEMBLE.

Lycifcas.

LYCISCAS.

Diable foit les brailleurs, je voudrois que
C

vous eussiez la gueulle pleine de bouillie bien chaude.

MVSICIENS.

Debout, debout viste debout , despeschons debout.

LYCISCAS.

Ah ! qu'elle fatique de ne pas dormir son sou.

Ier.

Hola ? oh.

IIme.

Hola ? oh.

I Ime.

Hola ? oh.

Tovs Ensemble.

Oh ! oh! oh! oh ! oh.

LYCISCAS.

Oh ! oh ! oh ! oh. La peste soit des gens auec leurs chiens de hurlemens , je me donne au Diable si je ne vous assomme : Mais voyez vn peu quel diable d'entousiasme il leur prend, de me venir chanter aux oreilles comme cela , je....

MVSICIENS.

Debout.

LYCISCAS.

Encore.

MVSICIENS.

Debout

LYCISCAS.

Le Diable vous emporte.

MVSICIENS.

Debout,

LYCISCAS *en ſe leuant.*

Quoy toûjours ? a-t'on jamais veu vne pareille furie de chanter ? par le ſang bleu j'enrage, puis que me voila eſueillé il faut que j'éüeille les au-tres , & que je les tourmente comme on ma fait. Allons ho ? Meſſieurs, debout, debout, viſte c'eſt trop dormir. Ie vais faire vn bruit de Diable par tout, debout , debout , debout ; Allons viſte , ho , ho , ho ? Debout , debout , pour la Chaſſe ordonnée il faut preparer tout , debout , debout, Lyciſcas debout ? ho *!* ho *!* ho *!* ho *!* ho.

Lyciſcas s'eſtant leué auec toutes les peines du monde, & s'eſtant mis à crier de toute ſa force, pluſieurs Cors & Trompes de Chaſſe ſe firent en-tendre, & concertées auec les Violons commence-rent l'air d'vne entrée, ſur laquelle ſix Valets de Chiens danſerent auec beaucoup de juſteſſe & diſ-poſition ; reprenant à certaines cadances le ſon de leurs Cors & Trompes: C'eſtoient les Sieurs Payſan, Chicanneau , Noblet , Peſan, Bonard , & la Pierre.

NOMS DES ACTEVRS
de la Comedie.

LA PRINCESSE D'ELIDE.
Mademoiselle de Moliere.
AGLANTE, Couſine de la Princeſſe.
Mademoiselle du Parc.
CINTHIE, Couſine de la Princeſſe.
Mademoiselle de Brie.
PHILIS, ſuiuante de la Princeſſe.
Mademoiselle Bejart.
IPHITAS, Pere de la Princeſſe.
Le Sieur Hubert.
EVRIALE, ou le Prince d'Ithaque.
Le Sieur de la Grange.
ARISTOMENÉ, ou le Prince de Meſſene.
Le Sieur du Croiſy.
THEOCLE, ou le Prince de Pyle.
Le Sieur Pejart.
ARBATE, Gouuerneur du Prince d'Ithaque.
Le Sieur de la Torilliere.
MORON, plaiſant de la Princeſſe.
Le Sieur de Moliere,
Vn ſuiuant.
Le Sieur Preuoſt.

ACTE PREMIER.

ARGVMENT.

CEtte Chaſſe qui ſe preparoit ainſi, eſtoit celle d'vn Prince d'Elide, lequel eſtant d'humeur galante & magnifique, & ſouhaitant que la Princeſſe ſa Fille ſe reſoluſt à aymer & à penſer au mariage, qui eſtoit fort contre ſon inclination, auoit fait venir en ſa Cour les Princes d'Ithaque, de Meſſene & de Pyle ; afin que dans l'exercice de la Chaſſe qu'elle aymoit fort, & dans d'autres Ieux, comme des Courſes de Chars & ſemblables magnificences, quelqu'vn de ces Princes peuſt luy plaire & deuenir ſon Eſpoux.

SCENE PREMIERE.

EVriale Prince d'Ithaque amoureux de la Princeſſe d'Elide, & Arbate ſon Gouuerneur, lequel indulgent à la paſſion du Prince, le loüa de ſon amour au lieu de l'en blaſmer, en des termes fort galands.

EVRIALE ARBATE.

ARBATE.

CE ſilence reſueur dont la ſombre habitude
Vous fait à tous momens chercher la ſolitude,

Ces longs soûpirs que laisse eschapper voſtre
　　cœur,
Et ces fixes regards ſi chargez de langueur,
Diſent beaucoup ſans doute à des gens de mon
　　âge ;
Et je penſe, Seigneur, entendre ce langage :
Mais ſans voſtre congé de peur de trop riſquer.
Ie n'oſe m'enhardir juſques à l'expliquer.

EVRIALE.

Explique, explique Arbate, auec toute licence
Ces soûpirs, ces regards, & ce morne ſilence :
Ie te permets icy de dire que l'Amour
M'a rangé ſous ſes loix, & me brauc à ſon tour :
Et je conſens encor que tu me faſſe honte
Des foibleſſes d'vn cœur qui ſouffre qu'on le
　　dompte.

ARBATE.

Moy vous blaſmer, Seigneur, des tendres
　　mouuemens,
Où je vois qu'aujourd'huy panchent vos ſen-
　　timens ;
Le chagrin des vieux jours ne peut aigrir mon ame
Contre les doux tranſpors de l'amoureuſe flame,
Et bien que mon ſort touche à ſes derniers Soleils,
Ie diray que l'Amour ſied bien à vos pareils :
Que ce tribut qu'on rend aux traits d'vn beau
　　viſage
De la beauté d'vne ame eſt vn clair teſmoignage,
Et qu'il eſt mal-aiſé que ſans eſtre amoureux
Vn jeune Prince ſoit & grand & genereux :
C'eſt vne qualité que j'ayme en vn Monarque,
La tendreſſe de cœur eſt vne grande marque,

Et ie croy que d'vn Prince on peut tout presumer
Dés qu'on voit que son ame est capable d'aymer.
Oüy cette passion de toutes la plus belle
Traisne dans vn esprit cent vertus aprés elle,
Aux nobles actions elle pousse les cœurs,
Et tous les grands Heros ont senty ses ardeurs;
Deuant mes yeux, Seigneur, a passé vostre en-
     fance,
Et j'ay de vos vertus veu fleurir l'esperance;
Mes regards obseruoient en vous des qualitez
Où je reconnoissois le sang dont vous sortez;
I'y d'escouurois vn fonds d'esprit & de lumiere,
Ie vous trouuois bien fait, l'air grand, & l'ame
     fiere;
Vostre cœur, vostre adresse esclatoient chaque
     jour:
Mais je m'inquietois de ne voir point d'amour,
Et puisque les langueurs d'vne playe inuincible
Nous montrent que vostre ame à ses traits est sen-
     sible,
Ie triomphe, & mon cœur d'allegresse remply
Vous regarde à present comme vn Prince ac-
     comply.

EVRIALE.

Si de l'Amour vn temps j'ay braué la puissance,
Helas! mon cher Arbate, il en prend bien ven-
     geance!
Et sçachant dans quels maux mon cœur s'est
     abismé,
Toy-mesme, tu voudrois qu'il n'eust jamais aymé:
Car enfin voy le sort où mon Astre me guide,
I'ayme, j'ayme ardamment la Princesse d'Elide,

Et tu sçais quel orgueil sous des traits si charmans
Arment contre l'Amour ses jeunes sentimens ;
Et comment elle fuit en cette illustre Feste
Cette foule d'amans qui briguent sa conqueste.
Ah ! qu'il est bien peu vray que ce qu'on doit
    aymer
Aussi-tost qu'on le voit prend droit de nous
    charmer.
Et qu'vn premier coup d'œil allume en nous les
    flames
Où le Ciel en naissant a destiné nos ames.
A mon retour d'Argos je passay dans ces lieux ;
Et ce passage offrit la Princesse à mes yeux ;
Ie vis tous les appas dont elle est reuestuë
Mais de l'œil dont on voit vne belle Statuë :
Leur brillante jeunesse obseruée à loisir
Ne porta dans mon ame aucun secret desir,
Et d'Ithaque en repos je reuis le riuage
Sans m'en estre en deux ans r'apellé nulle Image,
Vn bruit vient cependant à respandre à ma Cour
Le celebre mespris qu'elle fait de l'Amour ;
On publie en tous lieux que son ame hautaine
Garde pour l'Hymenée vne invincible haine,
Et qu'vn Arc à la main, sur l'espaule vn Carquois,
Comme vne autre Diane elle hante les bois,
N'ayme rien que la Chasse, & de toute la Grece
Fait soûpirer en vain l'heroïque jeunesse.
Admire nos esprits, & la fatalité,
Ce que n'auoit point fait sa veuë & sa beauté,
Le bruit de ses fiertez en mon ame fit naistre
Vn transport inconnu, dont je ne fus point
    maistre ;

Ce dedain si fameux eut des charmes secrets
A me faire auec soin rapeller tous ses traits,
Et mon esprit jettant de nouueaux yeux sur elle
M'en refit vne image & si noble, & si belle ;
Me peignit tant de gloire, & de telles douceurs
A pouuoir triompher de toutes ses froideurs,
Que mon cœur aux brillans d'vne telle victoire
Vit de sa liberté s'éuanoüir la gloire ;
Contre vne telle amorce il eut beau s'indigner,
Sa douceur sur mes sens prit tel droit de regner,
Qu'entraisné par l'effort d'vne occulte puissance
I'ay d'Ithaque en ces lieux fait voile en diligence,
Et je couure vn effet de mes vœux enflammez
Du desir de paroistre à ses Ieux renommez,
Où l'Illustre Iphitas, Pere de la Princesse,
Assemble la pluspart des Princes de la Grece.

ARBATE.

Mais à quoy bon, Seigneur, les soins que
  vous prenez ?
Et pourquoy ce secret où vous vous obstinez ?
Vous aymez, dites-vous, cette illustre Princesse,
Et venez à ses yeux signaler vostre adresse,
Et nuls empressemens, paroles, ny soûpirs
Ne l'ont instruite encor de vos brûlans desirs.
Pour moy je n'entens rien à cette politique
Qui ne veut point souffrir que vostre cœur s'ex-
  plique,
Et je ne sçay quel fruit peut pretendre vn amour
Qui fuit tous les moyens de se produire au jour.

EVRIALE.

Et que feray-je, Arbate, en declarant ma peine,
Qu'attirer les dedains de cette ame hautaine ?

Et me jetter au rang de ces Princes soûmis
Que le titre d'amans luy peint en ennemis?
Tu vois les Souuerains de Messene & de Pyle
Luy faire de leurs cœurs vn hommage inutile,
Et de l'esclat pompeux des plus hautes vertus
En appuyer en vain les respects assidus :
Ce rebut de leurs soins, sous vn triste silence,
Retient de mon amour toute la violence ;
Ie me tiens condamné dans ces Riuaux fameux,
Et je lis mon arrest au mespris qu'on fait d'eux.

ARBATE.

Et c'est dans ce mespris, & dans cette humeur
    fiere
Que vostre ame à ses vœux doit voir plus de lu-
    miere,
Puisque le sort vous donne à conquerir vn cœur
Que deffend seulement vne jeune froideur,
Et qui n'impose point à l'ardeur qui vous presse
De quelque attachement l'inuincible tendresse :
Vn cœur preocupé resiste puissamment ;
Mais quand vne ame est libre, on la force aise-
    ment,
Et toute la fierté de son indifferance
N'a rien dont ne triomphe vn peu de patience.
Ne luy cachez donc plus le pouuoir de ses yeux,
Faites de vostre flâme vn éclat glorieux,
Et bien loin de trembler de l'exemple des autres
Du rebut de leurs vœux éflez l'espoir des vostres
Peut estre pour toucher ses seueres appas,
Aurez-vous des secrets que ces Princes n'ont pas,
Et si de ses fiertez l'imperieux caprice
Ne vous fait éprouuer vn destin plus propice,

Au moins eſt-ce vn bon-heur en ces extrémitez
Que de voir auec ſoy ſes Riuaux rebutez.

EVRIALE.

I'ayme à te voir preſſer cét aueu de ma flâme,
Combattant mes raiſons tu chatouilles mon ame,
Et par ce que j'ay dit je voulois preſentir
Si de ce que j'ay fait tu pourrois m'applaudir :
Car, enfin, puis qu'il faut t'en faire confidence,
On doit à la Princeſſe expliquer mon ſilence.
Et peut-eſtre au moment que je t'en parle icy
Le ſecret de mon cœur, Arbate, eſt eſclaircy.
Cette Chaſſe où, pour fuïr la foule qui l'adore,
Tu ſçais qu'elle eſt allée au leuer de l'Aurore,
Eſt le temps que Moron pour declarer mon feu
A pris....   ARBATE.

Moron, Seigneur.

EVRIALE.

                Ce choix t'eſtonne vn peu ;
Par ſon titre de fou tu crois le bien connoiſtre,
Mais ſçache qu'il l'eſt moins qu'il ne le veut pa-
        roiſtre,
Et que malgré l'employ qu'il exerce aujourd'huy
Il a plus de bon ſens que tel qui rit de luy :
La Princeſſe ſe plaiſt à ſes bouffonneries,
Il s'en eſt fait aymer par cent plaiſanteries,
Et peut dans cét accez dire & perſuader
Ce que d'autres que luy n'oſeroient hazarder ;
Ie le voy propre, enfin, à ce que j'en ſouhaite,
Il a pour moy, dit-il, vne amitié parfaite,
Et veut, (dans mes Eſtats ayant receu le jour)
Contre tous mes Riuaux appuyer mon amour :
Quelque argent mis en main pour ſouſtenir ce
        zele....

SCENE DEVXIESME.

M*Oron representé par le Sieur de Moliere, ar-*
riue, & ayant le souuenir d'vn furieux
Sanglier, deuant lequel il auoit fuy à la Chasse, de-
mande secours, & rencontrant Euriale & Arbate
se met au milieu d'eux pour plus de seureté, apres
leur auoir tesmoigné sa peur & leur disant cent
choses plaisantes sur son peu de brauoure.

MORON. ARBATE. EVRIALE.

MORON *sans estre veu.*

AV secours! sauuez-moy de la beste cruelle!

EVRIALE.
Ie pense ouïr sa voix?

MORON *sans estre veu.*
A moy de grace, à moy

EVRIALE.
C'est luy-mesme, où court-il auec vn tel effroy

MORON.
Où pourray-je éuiter ce Sanglier redoutable
Grãds Dieux! preseruez-moy de sa dent effroyble
Ie vous promets, pourueu qu'il ne m'attrape pas
Quatre liures d'encens, & deux veaux des plus
   gras.
   Ha! je suis mort?

EVRIALE.

Qu'as-tu ?

MORON.

Ie vous croyois la beste
Dont à me diffamer j'ay veu la gueule preste,
Seigneur, & je ne puis reuenir de ma peur.

EVRIALE.

Qu'est-ce ?

MORON.

O que la Princesse est d'vne estrange humeur!
Et qu'à suiure la Chasse & ses extrauagances
Il nous faut essuyer de sottes complaisances!
Quel Diable de plaisir trouue tous les Chasseurs
De se voir exposez à mille & mille peurs,
Encore si c'estoit qu'on ne fut qu'à la Chasse
Des Lieures, des Lapins, & des jeunes Daims,
      passe;
Ce sont des animaux d'vn naturel fort doux,
Et qui prennent toûjours la fuite deuant nous :
Mais aller attaquer de ces bestes vilaines
Qui n'ont aucun respect pour les faces humaines,
Et qui courent les gens qui les veulent courir,
C'est vn sot passe-temps que je ne puis souffrir.

EVRIALE.

Dy-nous donc ce que c'est ?

MORON *en se tournant.*

Le penible exercice
Où de nostre Princesse a volé le caprice!....
I'en aurois bien juré qu'elle auroit fait le tour,
Et la Course des Chars se faisant en ce jour,
Il falloit affecter ce contre-temps de Chasse
Pour mespriser ses Ieux auec meilleure grace,

Et faire voir.... Mais chut, acheuons mon recit,
Et reprenons le fil de ce que j'auois dit.
Qu'ay-je dit?

EVRIALE.
Tu parlois d'exercice penible.

MORON.
Ah! oüy, succombant donc à ce trauail horrible,
Car en Chasseur fameux j'estois enharnaché,
Et dés le point du jour je m'estois découché:
Ie me suis écarté de tous en galand homme, [somme
Et trouuant vn lieu propre à dormir d'vn bon
I'essayois ma posture, & m'ajustant bien-tost,
Prenois déja mon ton pour ronfler comme il faut,
Lors qu'vn murmure affreux ma fair leuer la veüe,
Et j'ay d'vn vieux buisson de la forest touffuë
Veu sortir vn Sanglier d'vne énorme grandeur,
Pour....   **EVRIALE.**
Qu'est-ce?

MORON.
Ce n'est rien, n'ayez point de frayeur,
Mais laissez-moy passer entre vous d'eux pour
     cause,
Ie seray mieux en main pour vous conter la chose
I'ay donc veu ce Sanglier, qui par nos gens chassé
Auoit d'vn air affreux tout son poil herissé;
Ces deux yeux flamboyãs ne lançoiét que menace,
Et sa gueule faisoit vne laide grimace,
Qui parmy de l'écume à qui l'osoit presser
Montroit de certains cros...je vous laisse à penser
A ce terrible aspect j'ay ramassé mes armes;
Mais le faux animal sans en prendre d'allarmes
Est venu droit à moy, qui ne luy disois mot.

ARBATE.

Et tu l'as de pié ferme attendu ?

MORON.

Quelque sot,
I'ay jetté tout par terre , & couru comme quatre.

ARBATE.

Fuïr deuant vn Sanglier ayant dequoy l'abatre,
Ce trait, Moron, n'est pas genereux...

MORON.

I'y consens,
Il n'est pas genereux, mais il est de bon sens.

ARBATE.

Mais par quelques exploits si l'on ne s'éternise .

MORON.

Ie suis vostre valet, & j'ayme mieux qu'on dise,
C'est icy qu'en fuyant sans se faire prier
Moron sauua ses jours des fureurs d'vn Sanglier,
Que si l'on y disoit , voila l'illustre place
Où le braue Moron, d'vne heroïque audace,
Affrontant d'vn Sanglier l'impetueux effort
Par vn coup dé ses dents vit terminer son sort.

EVRIALE.

Fort bien....

MORON.

Oüy j'ayme mieux, n'en déplaise à la gloire,
Viure au monde deux jours que mille ans dans
EVRIALE.   [l'histoire.

En effet ton trespas fascheroit tes amis ;
Mais si de ta frayeur ton esprit est remis
Puis-je te demander si du feu qni me brule....

MORON.

Il ne faut point, Seigneur, que je vous dissimule,

Ie n'ay rien fait encor , & n'ay point rencontré
De temps pour luy parler qui fut selon mon gré:
L'office de bouffon a des prerogatiues ;
Mais souuent on rabat nos libres tentatiues:
Le discours de vos feux est vn peu delicat ,
Et c'est chez la Princesse vne affaire d'estat ;
Vous sçauez de quel titre elle se glorifie ,
Et qu'elle a dàns la teste vne Philosophie
Qui declare la guerre au conjugal lien ,
Et vous traitte l'Amour de deïté de rien :
Pour n'effaroucher point son humeur de tigresse
Il me faut manier la chose auec adresse ;
Car on doit regarder comme l'on parle aux grans,
Et vous estes par fois d'assez fascheuses gens.
Laissez-moy doucement conduire cette trame,
Ie me sens là pour vous vn zele tout de flame,
Vous estes né mon Prince , & quelques autres
          nœuds
Pourroient contribüer au bien que je vous veux:
Ma meré dans son temps passoit pour assez belle,
Et naturellement n'estoit pas fort cruelle ;
Feu vostre Pere alors , ce Prince genereux ,
Sur la galanterie estoit fort dangereux ,
Et je sçay qu'Elpenor, qu'on appelloit mon Pere,
A cause qu'il estoit le mary de ma Meré ,
Contoit pour grand honneur aux Pasteurs d'au-
          jourd'huy
Que le Prince autrefois estoit venu chez luy ,
Et que durant ce temps il auoit l'auantage
De se voir salüé de tous ceux du village :
Baste,quoy qu'il en soit je veux par mes trauaux
Mais voicy la Princesse & deux de vos Riuaux.
                                    SCENE

SCENE TROISIESME.

LA Princesse d'Elide parut en suite ; auec les Princes de Messene & de Pyle, lesquels firent remarquer en eux des caractères bien differens de celuy du Prince d'Ithaque ; & luy cederent dans le cœur de la Princesse tous les auantages qu'il y pouuoit desirer : Cette aymable Princesse ne tesmoigna pas pourtant que le merite de ce Prince eust fait aucune impression sur son esprit, & qu'elle l'eust quasi remarqué ; elle tesmoigna toûjours, comme vne autre Diane, n'aymer que la Chasse & les Forests, & lors que le Prince de Messene voulut luy faire valoir le seruice qui luy auoit rendu, en la desfaisant d'vn fort grand Sanglier qui l'auoit attaquée ; elle luy dit que sans rien diminüer de sa reconnoissance, elle trouuoit son secours d'autant moins considerable, qu'elle en auoit tué toute seule d'aussi furieux ; & fut peut-estre bien encore venuë à bout de celuy-cy.

LA PRINCESSE & sa suite.

ARISTOMENE. THEOCLE. EVRIALE. ARBATE. MORON.

ARISTOMENE.

REprochez-vous, Madame, à nos justes allarmes
Ce peril dont tous deux auons sauué vos charmes,

D

I'aurois pensé pour moy qu'abattre sous nos
     coups
Ce Sanglier qui portoit sa fureur jusqu'à vous,
Estoit vne auanture (ignorant vostre Chasse)
Dont à nos bons destins nous deussions rendre
     grace :
Mais à cette froideur je connois clairement
Que je dois conceuoir vn autre sentiment,
Et quereller du sort la fatalle puissance
Qui me fait auoir part à ce qui vous offence.

THEOCLE.

Pour moy je tiens , Madame, à sensible bon-
     heur
L'action où pour vous a volé tout mon cœur,
Et ne puis consentir, malgré vostre murmure,
A quereller le sort d'vne telle auanture :
D'vn objet odieux je sçay que tout déplaist ;
Mais deut vostre couroux estre plus grand qu'il
     n'est ,
C'est extreme plaisir, quand l'amour est extreme,
De pouuoir d'vn peril affranchir ce qu'on ayme.

LA PRINCESSE.

Et pensez-vous , Seigneur, puis qu'il me faut
     parler ,
Qu'il eut en ce peril dequoy tant mébranler ?
Que l'Arc, & que le Dard, pour moy si pleins de
     charmes,
Ne soient entre mes mains que d'inutilles armes ?
Et que je fasse, enfin, mes plus frequens emplois
De parcourir nos monts, nos pleines, & nos bois,
Pour n'oser en chassant conceuoir l'esperance
De suffire moy seule à ma propre deffence ?

Certes auec le temps j'aurois bien profité
De ces soins assidus dont je fais vanité
S'il falloit que mon bras dans vne telle queste,
Ne pust pas triompher d'vne chetiue beste ;
Du moins si pour pretendre à de sensibles coups
Le commun de mon sexe est trop mal auec vous,
D'vn étage plus haut accordez-moy la gloire,
Et me faites tous deux cette grace de croire,
Seigneurs, que quel que fut le Sanglier d'aujour-
    d'huy,
I'en ay mis bas, sans vous, de plus mechans que
    luy.

THEOCLE.

Mais, Madame....

LA PRINCESSE.

                Et bien soit, je voy que vostre enuie
Est de persuader que je vous dois la vie ;
Iy consens ; Oüy sans vous c'estoit fait de mes
    jours,
Ie rends de tout mon cœur grace à ce grand se-
    cours,
Et je vais de ce pas au Prince pour luy dire
Les bontez que pour moy vostre amour vous
    inspire.

SCENE QVATRIESME.
EVRIALE MORON. ARBATE.
MORON.

HE!a t-on jamais veu de plus farouche esprit?
De ce vilain Sanglier l'heureux trépas l'aigrit:
O comme volontiers j'aurois d'vn beau salaire
Recompensé tantost qui m'en eut sçeu deffaire!

ARBATE.

Ie vous voy tout pensif, Seigneur, de ses dedains,
Mais ils n'ont rien qui doiuét empescher vos des-
Son heure doit venir, & c'est à vous possible [seins,
Qu'est reserué l'honneur de la rendre sensible.

MORON.

Il faut qu'auant la Course elle apprenne vos feux
Et je....

EVRIALE.

Non, ce n'est plus, Moron, ce que je veux;
Garde toy de rien dire, & me laisse vn peu faire,
I'ay resolu de prendre vn chemin tout contraire;
Ie voy trop que son cœur s'obstine a dedaigner
Tous ces profonds respects qui pensent la gagner,
Et le Dieu qui m'engage à soûpirer pour elle
M'inspire pour la vaincre vne adresse nouuelle:
Oüy, c'est luy d'où me vient ce soudain mouue-
Et j'en attens de luy l'heureux euenement. [ment,

ARBATE.

Peut-on sçauoir, Seigneur, par où vostre esperäce?

EVRIALE.

Tu le vas voir, allons, & garde le silence.

Fin du premier Acte.

DEVXIESME INTERMEDE.

ARGVMENT.

L'Agreable Moron laiſſa aller le Prince pour parler de ſa paſſion naiſſante aux bois & aux rochers, & faiſant retentir par tout le beau nom de ſa Bergere Philis, vn Echo ridicule luy reſpondant bizarement, il y prit ſi grand plaiſir que riant en cent manieres, il fit reſpondre autant de fois cét Echo, ſans teſmoigner d'en eſtre ennuyé: Mais vn Ours vint interrompre ce beau diuertiſſement, & le ſurprit ſi fort par cette veuë peu attenduë, qu'il donna des ſenſibles marques de ſa peur : Il luy fit faire deuant l'Ours toutes les ſoûmiſſions dont il ſe pût auiſer pour l'adoucir : Enfin ſe jettant à vn arbre pour y monter, comme il vit que l'Ours y vouloit grimper auſſi bien que luy ; Il cria au ſecours d'vne voix ſi haute, qu'elle attira huit Payſans armez de baſtons à deux bouts & d'eſpieux, pendant qu'vn autre Ours parut en ſuite du premier. Il ſe fit vn Combat qui finit par la mort d'vn des Ours, & par la fuite de l'autre:

SCENE PREMIERE.

MORON.

IVsqu'au reuoir ; pour moy je reste icy, &
j'ay vne petite conuersation à faire auec ces
arbres & ces rochers.
Bois, prez, fontaines, fleurs qui voyez mon teint
    blesme,
Si vous ne le sçauez, je vous aprens que j'ayme;
Philis est l'obiet charmant
Qui tient mon cœur à l'attache,
Et ie deuins son amant
La voyant traire vne Vache.
Ses doigts tout plains de laict, & plus blancs mille
    fois
Pressoiét les bouts du pis d'vne grace admirable;
Ouf! cette idée est capable
De me reduire aux abois.

Ah! Philis, Philis, Philis.
Ah! hem. ah ah ah! hi hi hi hi. oh oh oh oh.
Voilà vn Echo qui est bouffon! hom hom hom.
ha ha ha ha ha.
vh vh vh. Voilà vn Echo qui est bouffon!

SCENE DEVXIESME.

VN OVRS. MORON.

MORON.

AH ! monfieur l'Ours , je fuis voftre feruiteur de tout mon cœur : de grace epargnez-
moy ? je vous affeure que je ne vaux rien du tout
à manger, je n'ay que la peau & les os, & je voy
de certaines gens la bas qui feroient bien mieux
voftre affaire. Eh ! Eh ! Eh ! monfeigneur, tout
doux s'il vous plaift. La la la la. ah ! monfeigneur
que voftre alteffe eft jolie & bien faite ; elle à tout
a fait l'air galand & la taille la plus mignonne du
monde. Ah beau poil ! belle tefte ! beaux yeux
brillans & bien fendus ! ah beau petit nez ! belle
petite bouche ! petites quenotes jolies ! ah belle
gorge ! belles petites menottes ! petits ongles
bien faits. A l'aide, au fecours , je fuis mort, mi-
fericorde , pauure Moron, ah mon Dieu ! & vifte,
à moy , je fuis perdu ! Eh , meffieurs ayez pitié *Les*
de moy ! bon meffieurs tuez moy ce vilain ani- *Chaf-*
mal là ? O Ciel ! daigne les affifter. Bon le voila *feurs*
qui fuit, le voila qui s'arrefte & qui fe jette fur *paroif-*
eux. Bon en voila vn qui vient de luy donner *fent.*
vn coup dans la gueule. Les voila tous à l'entour
de luy. Courage , ferme, allons mes amis. Bon,
pouffez fort, encore, ah ! le voila qui eft à terre ,

c'en eſt fait il eſt mort, deſcendons maintenant pour luy donner cent coups, Seruiteur Meſſieurs, je vous rends grace de m'auoir deliuré de cette beſte, maintenant que vous l'auez tuée je m'en vais l'acheuer, & en triompher auec vous.

Ces heureux Chaſſeurs, n'eurent pas pluſtoſt remporté cette victoire, que Moron deuenu braue par l'eſloignement du peril, voulut aller donner mille coups à la beſte, qui n'eſtoit plus en eſtat de ſe deffendre, & fit tout ce qu'vn fanfaron, qui n'auroit pas eſté trop hardy, euſt pû faire en cette occaſion ; & les Chaſſeurs pour teſmoigner leur joye, danſerent vne fort belle Entrée : C'eſtoient M. Mançeau, les Sieurs Chicanneau, Baltazard, Noblet, Bonard, Magny, & la Pierre.

ACTE DEVXIESME.

ARGVMENT.

LE Prince d'Ithaque & la Princeſſe eurent vne
conuerſation fort galante ſur la Courſe des
Chars qui ſe preparoit : Elle auoit dit auparauant
à vne des Princeſſes ſes Parentes, que l'inſenſibi-
lité du Prince d'Ithaque luy donnoit de la peine &
luy eſtoit honteuſe : qu'encore qu'elle ne vouluſt
rien aymer, il eſtoit bien faſcheux de voir qu'il
n'aymoit rien ; & que quoy qu'elle euſt reſolu de
n'aller point voir les Courſes, elle s'y vouloit
rendre, dans le deſſein de taſcher à triompher de
la liberté d'vn homme qui la cheriſſoit ſi fort. Il
eſtoit facile de juger que le merite de ce Prince
produiſoit ſon effet ordinaire, que ſes belles qualitez auoient touché ce cœur ſuperbe, & commencé
à fondre vne partie de cette glace qui auoit reſiſté
juſques alors à toutes les ardeurs de l'Amour, &
plus il affectoit, (par le conſeil de Moron qu'il
auoit gagné, & qui connoiſſoit fort le cœur de la
Princeſſe,) de paroiſtre inſenſible (quoy qu'il ne
fut que trop amoureux ;) plus la Princeſſe ſe mettoit
dans la teſte de l'engager, quoy qu'elle n'euſt pas
fait deſſein de s'engager elle-meſme. Les Princes
de Meſſene & de Pyle prirent lors congé d'elle pour
s'aller preparer aux Courſes, & luy parlant de

*l'esperance qu'ils auoient de vaincre, par le desir
qu'ils sentoient de luy plaire : Celuy d'Ithaque luy
tesmoigna au contraire, que n'ayant jamais rien
aymé, il alloit essayer à vaincre pour sa propre satisfaction, ce qui la picqua encore d'auantage à vouloir soûmettre vn cœur déja assez soumis, mais
qui sçauoit déguiser ses sentimens le mieux du
monde.*

SCÉNE PREMIERE

LA PRINCESSE. AGLANLE. CINTHIE.

LA PRINCESSE.

O Vy i'ayme à demeurer dans ces paisibles
    lieux,
On n'y descouure rien qui n'enchante les yeux,
Et de tous nos Palais la sçauante structure
Cede aux simples beautez qu'y forme la nature :
Ces Arbres, ces Rochers, cette Eau, ces Gazons
        frais
Ont pour moy des appas à ne lasser jamais.
AGLANTE.
Ie cheris comme vous ces retraites tranquilles
Où l'on se vient sauuer de l'embarras des Villes,
De mille objets charmans ces lieux sont embellis ;
Et ce qui doit surprendre, est qu'aux portes d'Elis
La douce passion de fuir la multitude
Rencontre vne si belle, & vaste solitude :

Mais à vous dire vray dans ces jours esclatans
Vos retraites icy me semblent hors de temps,
Et c'est fort mal-traiter l'appareil magnifique
Que chaque Prince a fait pour la Feste publique:
Ce spectacle pompeux de la Course des Chars
Deuroit bien meriter l'honneur de vos regards.

LA PRINCESSE,

Quel droit ont-ils chacun d'y vouloir ma pre-
    sence ?
Et que dois-je apres tout à leur magnificence ?
Ce sont soins que produit l'ardeur de m'acquerir,
Et mon cœur est le prix qu'ils veulent tous courir:
Mais quelque espoir qui flate vn projet de la sorte
Ie me tromperay fort si pas vn d'eux l'emporte.

CINTHIE.

Iusques à quand ce cœur veut-il s'effaroucher
Des innocens desseins qu'on a de le toucher ?
Et regarde les soins que pour vous on se donne
Comme autāt d'attentats contre vostre personne ?
Ie sçay qu'en deffendant le party de l'Amour
On s'expose chez vous à faire mal sa cour:
Mais ce que par le sang i'ay l'honneur de vous
    estre
S'oppose aux duretez que vous faites paroistre,
Et je ne puis nourrir d'vn flateur entretien
Vos resolutions de n'aymer jamais rien.
Est-il rien de plus beau que l'innocente flame
Qu'vn merite esclatant allume dans vn ame ?
Et seroit-ce vn bon-heur de respirer le jour
Si d'entre les mortels on bannissoit l'Amour ?
Non, non tous les plaisirs se goustent à le suiure,
Et viure sans aymer n'est pas proprement viure.

ADVIS.

LE *deſſein de l'Autheur eſtoit de traiter ainſi toute la Comedie ; mais vn commandement du Roy qui preſſa cette affaire , l'obligea d'acheuer tout le reſte en proſe , & de paſſer legerement ſur pluſieurs Scenes , qu'il auroit eſtenduës d'auantage, s'il auoit eu plus de loiſir.*

AGLANTE.

Pour moy je tiens que cette paſſion eſt la plus agreable affaire de la vie , qu'il eſt neceſſaire d'aymer pour viure heureuſement , & que tous les plaiſirs ſont fades s'il ne s'y meſle vn peu d'amour.

LA PRINCESSE.

Pouuez-vous bien toutes deux , eſtant ce que vous eſtes , prononcer ces paroles ; & ne deuez-vous pas rougir d'appuyer vne paſſion qui n'eſt qu'erreur, que foibleſſe & qu'emportement , & dont tous les deſordres ont tant de repugnance auec la gloire de noſtre ſexe. I'en pretens ſouſtenir l'honneur juſqu'au dernier moment de ma vie: Et ne veux point du tout me commettre à ces gens qui ſont les eſclaues aupres de nous , pour deuenir vn jour nos tyrans : Toutes ces larmes , tous ces ſoûpirs , tous ces hommages tous ces reſpects ſont des embuſches qu'on tend à noſtre cœur, & qui ſouuent l'engagent à commettre des lâchetez.

Pour moy quand je regarde certains exemples, &
les bassesses épouuantables où cette passion rauale
les personnes sur qui elle étend sa puissance : Ie
sens tout mon cœur qui s'émeut : & je ne puis souffrir qu'vne ame qui fait profession d'vn peu de
fierté, ne trouue pas vne honte horrible à de
telles foiblesses.

CINTHIE.

Eh ! Madame, il est de certaines foiblesses qui
ne sont point honteuses, & qu'il est beau mesme
d'auoir dans les plus hauts dégrez de gloire. I'es-
pere que vous changerez vn jour de pensée, &
s'il plaist au Ciel nous verrons vostre cœur auant
qu'il soit peu....

LA PRINCESSE.

Arrestez, n'acheuez pas ce souhait estrange,
i'ay vne horreur trop inuincible pour ces sortes
d'abbaissemens, & si iamais j'estois capable d'y
descendre, ie serois personne sans doute à ne me
le point pardonner.

AGLANTE.

Prenez garde ; Madame, l'Amour sçait se vanger des mespris que l'on fait de luy, & peut-
estre....

LA PRINCESSE.

Non, non ie braue tous ses traits, & le grand
pouuoir qu'on luy donne n'est rien qu'vne chi-
mere, qu'vne excuse des foibles cœurs qui le font
inuincible pour authoriser leur foiblesse.

CINTHIE.

Mais enfin toute la terre reconnoist sa puissance, & vous voyez que les Dieux mesme sont as-

ſujettis à ſon empire : On nous fait voir que Iupi-
ter n'a pas aymé pour vne fois ; & que Diane
meſme dont vous affectez tant l'exemple n'a pas
rougy de pouſſer des ſoûpirs d'amour.

LA PRINCESSE.

Les croyances publiques ſont toûjours meſlées
d'erreur : Les Dieux ne ſont point faits comme ſe
les fait le vulgaire, & c'eſt leur manquer de reſpect
que de leur attribüer les foibleſſes des hommes.

SCENE DEVXIESME.

MORON. LA PRINCESSE. AGLANTE. CINTHIE. PHILIS.

AGLANTE.

Vıen, approche Moron, vien nous ayder à
deffendre l'Amour contre les ſentimens de la
Princeſſe.

LA PRINCESSE.

Voila voſtre party fortifié d'vn grand deffenſeur.

MORON.

Ma foy, Madame, je croy qu'apres mon exemple
il n'y a plus rien à dire, & qu'il ne faut plus mettre
en doute le pouuoir de l'Amour. I'ay braué ſes armes aſſez long-temps, & fait de mon drole comme
vn autre ; mais enfin ma fierté a baiſſé l'oreille, &
vous auez vne traitreſſe qui m'a rendu plus doux
qu'vn Agneau : Apres cela on ne doit plus faire

aucun fcrupule d'aymer, & puifque j'ay bien paffé
par là , il peut bien y en paffer d'autres.

CINTHIE.

Quoy ? Moron fe meffe d'aymer ?

MORON.

Fort bien.

CINTHIE.

Et de vouloir eftre aymé ?

MORON.

Et pourquoy non ? Eft-ce qu'on n'eft pas affez
bien fait pour cela ? Ie penfe que ce vifage eft
affez paffable, & que pour le bel air, dieu mercy,
nous ne le cedons à perfonne.

CINTHIE.

Sans doute on auroit tort....

SCENE TROISIESME.

LYCAS. LA PRINCESSE.
AGLANTE. CINTHIE. PHILIS.
MORON.

LYCAS.

MAdame, le Prince voftre Pere vient vous
trouuer icy, & conduit auec luy les Princes
de Pyle, & d'Ithaque, & celuy de Meffene.

LA PRINCESSE.

O Ciel ! que pretent-il faire en me les amenant?
Auroit-il refolu ma perte, & voudroit-il bien
me forcer au choix de quelqu'vn d'eux ?

SCENE QVATRIESME.

LE PRINCE. EVRIALE. ARISTO-MENE. THEOCLE. LA PRIN-CESSE. AGLANTE. CINTHIE. PHILIS. MORON.

LA PRINCESSE.

SEigneur, je vous demande la licence de pré-uenir par deux paroles, la declaration des pen-sées que vous pouuez auoir. Il y a deux veritez, Seigneur, aussi constantes l'vne que l'autre, & dont je puis vous asseurer également ; L'vne que vous auez vn absolu pouuoir sur moy, & que vous ne sçauriez m'ordonner rien ou je ne respon-de aussi-tost par vne obeïssance aueugle. L'autre que je regarde l'Hymenée ainsi que le trespas, & qu'il m'est impossible de forcer cette auersion na-turelle : Me donner vn Mary, & me donner la mort c'est vne mesme chose ; mais vostre volonté va la premiere, & mon obeïssance m'est bien plus chere que ma vie : Apres cela parlez, Seigneur, prononcez librement ce que vous voulez.

LE PRINCE.

Ma Fille tu as tort de prendre de telles alar-mes, & je me plains de toy, qui peux mettre dans ta pensée que je sois assez mauuais Pere pour vou-loir faire violence à tes sentimens, & me seruir ty-ranni-

ranniquement de la puissance que le Ciel me
donne sur toy. Ie souhaite à la verité que ton cœur
puisse aymer quelqu'vn : Tous mes vœux seroient
satisfaits si cela pouuoit arriuer ; & je n'ay pro-
posé les Festes & les Ieux que je fais celebrer icy ;
qu'afin d'y pouuoir attirer tout ce que la Grece a
d'illustre ; & que parmy cette noble jeunesse tu
puisse enfin rencontrer où arrester tes yeux &
déterminer tes pensées. Ie ne demande dis-je, au
Ciel autre bon-heur que celuy de te voir vn
Espoux. I'ay pour obtenir cette grace fait encore
ce matin vn sacrifice à Venus ; & si je sçay bien
expliquer le langage des Dieux, elle m'a promis
vn miracle : mais quoy qu'il en soit je veux en
vser auec toy en Pere qui cherit sa Fille : Si tu
trouue où attacher tes vœux, ton choix sera le
mien, & je ne considereray-ny interests d'Estat,
ny auantage d'Alliance. Si ton cœur demeure
insensible, je n'entreprendray point de le forcer:
Mais au moins sois complaisante aux ciuilitez
qu'on te rend, & ne m'oblige point à faire les
excuses de ta froideur : Traite ces Princes auec l'e-
stime que tu leur dois, reçois auec reconnoissance
les tesmoignages de leurs zele, & viens voir cette
Course où leur adresse va paroistre.

THEOCLE.

Tout le monde va faire des efforts pour emporter le prix de cette Course ; mais à vous dire
vray j'ay peu d'ardeur pour la victoire, puisque
ce n'est pas vostre cœur qu'on y doit disputer.

ARISTOMENE.

Pour moy, Madame, vous estes le seul prix que

je me propose par tout : C'eſt vous que je croy
diſputer dans ces combats d'adreſſe, & je n'aſpire
maintenant à r'emporter l'honneur de cetteCour-
ſe , que pour obtenir vn degré de gloire qui m'approche de voſtre cœur.

EVRIALE.

Pour moy , Madame , je n'y vais point du tout
auec cette penſée : Comme j'ay fait toute ma
vie profeſſion de ne rien aymer , tous les ſoins
que je prens ne vont point où tendent les autres: Ie
Ils la n'ay aucune pretention ſur voſtre cœur, & le ſeul
quit- honneur de la Courſe eſt tout l'auantage où
tent. j'aſpire.

LA PRINCESSE.

D'où ſort cette fierté où l'on ne s'attendoit
point ? Princeſſes , que dites-vous de ce jeune
Prince ? auez-vous remarqué de quel ton il l'a
pris ?

AGLANTE.

Il eſt vray que cela eſt vn peu fier.

MORON.

Ah ! quelle braue botte il vient là de luy
porter !

LA PRINCESSE.

Ne trouuez-vous pas qu'il y auroit plaiſir
d'abaiſſer ſon orgueil , & de ſoûmettre vn peu ce
cœur qui tranche tant du braue ?

CINTHIE.

Comme vous eſtes accouſtumée à ne jamais
reçeuoir que des hommages & des adorations de
tout le monde , vn compliment pareil au ſien doit
vous ſurprendre à la verité.

LA PRINCESSE.

Ie vous auouë que cela m'a donné de l'émotion, & que je fouhaiterois fort de trouuer les moyens de chaftier cette hauteur. Ie n'auois pas beaucoup d'enuie de me trouuer à cette Courfe; mais j'y veux aller expres, & employer toute chofe pour luy donner de l'amour.

CINTHIE.

Prenez garde, Madame, l'entreprife eft perilleufe, & lors qu'on veut donner de l'amour on court rifque d'en receuoir.

LA PRINCESSE.

Ah! n'aprehendez rien, ie vous prie, allons je vous refponds de moy.

Fin du deuxiefme Acte.

TROISIESME INTERMEDE.

SCENE PREMIERE.

MORON. PHILIS.

MORON.

Philis demeure icy ?
PHILIS.
Non laisse-moy suiure les autres.
MORON.
Ah ! cruelle , si c'estoit Tircis qui t'en priast,
tu demeurerois bien viste.
PHILIS.
Cela se pourroit faire, & je demeure d'accord
que ie trouue bien mieux mon conte auec l'vn
qu'auec l'autre ; car il me diuertit auec sa voix,
& toy tu m'estourdis de ton cacqüet. Lors que
tu chanteras aussi bien que luy , ie te promets de
t'écouter.
MORON.
Eh ! demeure vn peu?
PHILIS.
Ie ne sçaurois.
MORON.
De grace ?
PHILIS.
Point te dis-je.

MORON.

Ie ne te laifferay point aller.

PHILIS.

Ah ! que de façons.

MORON.

Ie ne te demande qu'vn moment à eftre auec toy ?

PHILIS.

Et bien ! oüy, j'y demeureray, pourueu que tu me promette vne chofe ?

MORON.

Et qu'elle ?

PHILIS.

De ne me point parler du tout.

MORON.

Eh ! *Philis* ?

PHILIS.

A moins que de cela je ne demeureray point auec toy.

MORON.

Veux-tu me. . . .

PHILIS.

Laiffe-moy aller ?

MORON.

Et bien, ouy, demeure : je ne te diray mot.

PHILIS.

Prens-y bien garde au moins ; car à la moindre parole je prens la fuitte.

MORON. *Il fait*
Soit. Ah ! *Philis*.... Eh.... Elle s'enfuit, & je *vne*
ne fçaurois l'atraper. Voila ce que c'eft, fi je *Scene*
fçauois chanter j'en ferois bien mieux mes affaires. *de ge-*
ftes.

La pluspart des femmes aujourd'huy se laissent prendre par les oreilles : Elles sont cause que tout le monde se mesle de Musique , & l'on ne reüssit aupres d'elles, que par les petites chansons, & les petits vers qu'on leur fait entendre. Il faut que j'aprenne à chanter pour faire comme les autres. Bon voicy justement mon homme.

SCENE DEVXIESME.

SATYRE. MORON.

SATYRE.

La la la.

MORON.

Ah ! Satyre mon amy, tu sçais bien ce que tu m'as promis il y a long-temps, aprens moy à chanter, je te prie ?

SATYRE.

Ie le veux ; mais auparauant escoute vne chanson que je viens de faire.

MORON.

Il est si accoustumé à chanter qu'il ne sçauroit parler d'autre façon. Allons chante, j'escoute.

SATYRE,

Ie portois...

MORON.

Vne chanson , dis-tu ?

SATYRE.

Ie port....

MORON.

Vne chanson à chanter ?

SATYRE.

Ie port....

MORON.

Chanson amoureuse, peste.

SATYRE.

IE portois dans vne cage
  Deux moyneaux que j'auois pris,
Lors que la jeune Cloris
Fit dans vn sombre boccage
  Briller, à mes yeux surpris,
  Les fleurs de son beau visage :
Helas ? dis-je aux moyneaux, en receuant les
      coups
De ses yeux si sçauans à faire des conquestes,
Consolez-vous, pauures petites bestes,
Celuy qui vous a pris est bien plus pris que vous.

Moron ne fut pas satisfait de cette Chanson, quoy qu'il la trouuast jolie, il en demanda vne plus passionnée, & priant le Satyre de luy dire celle qu'il luy auoit ouy chanter quelques jours auparauant, il continua ainsi.

DAns vos chants si doux,
  Chantez à ma belle,
Oyseaux, chantez tous
Ma peine mortelle :
Mais si la cruelle
Se met en courroux
Au recit fidelle
Des maux que je sens pour elle ;

Oyseaux, taisez-vous.

Oyseaux, taisez-vous.

Cette seconde Chanson ayant touché Moron fort sensiblement, il pria le Satyre de luy apprendre à chanter; & luy dit

Ah! qu'elle est belle! apprens la moy?

SATYRE.

La, la, la, la.

MORON,

La, la, la, la.

SATYRE.

Fa, fa, fa, fa.

MORON.

Fa, toy-mesme.

Le Satyre s'en mit en colere, & peu à peu se mettant en posture d'en venir à des coups de poing, les Violons reprirent vn Air sur lequel ils danserent vne plaisante Entrée.

ACTE TROISIESME.

ARGVMENT.

LA Princesse d'Elide estoit cependant dans d'estranges inquietudes : le Prince d'Ithaque auoit gagné le prix des Courses, elle auoit dans la suite de ce diuertissement fait des merueilles à chanter & à la danse, sans qu'il parust que les dons de la nature & de l'art eussent esté quasi remarquez par le Prince d'Ithaque ; elle en fit de grandes plaintes à la Princesse sa parente ; elle en parla à Moron, qui fit passer cét insensible pour vn brutal : Et enfin le voyant arriuer luy-mesme, elle ne pût s'empescher de luy en toucher fort serieusement quelque chose : Il luy respondit ingenûment qu'il n'aymoit rien, & qu'hors l'amour de sa liberté, & les plaisirs qu'elle trouuoit si agreables de la solitude & de la Chasse rien ne le touchoit.

SCENE PREMIERE.

LA PRINCESSE. AGLANTE. CINTHIE. PHILIS.

CINTHIE.

IL est vray, Madame, que ce jeune Prince a fait voir vne adresse non commune, & que

l'air dont il a paru a esté quelque chose de sur-
prenant. Il sort vainqueur de cette Course, mais
je doute fort qu'il en sorte auec le mesme cœur
qu'il y a porté : Car enfin, vous luy auez tiré des
traits dont il est difficile de se deffendre, & sans
parler de tout le reste, la grace de vostre danse,
& la douceur de vostre voix ont eu des charmes
aujourd'huy à toucher les plus insensibles.

LA PRINCESSE.

Le voicy qui s'entretient auec Moron ; nous
sçaurons vn peu dequoy il luy parle : Ne rom-
pons point encore leur entretien, & prenons
cette route pour reuenir à leur rencontre.

SCENE DEVXIESME.

EVRIALE. MORON. ARBATE.

EVRIALE.

AH ! Moron, je te l'auouë, j'ay esté enchanté,
& jamais tant de charmes n'ont frappé tout
ensemble mes yeux & mes oreilles. Elle est adorable en tout temps, il est vray : mais ce moment
l'a emporté sur tous les autres, & des graces nou-
uelles ont redoublé l'éclat de ses beautez. Iamais
son visage ne s'est paré de plus viues couleurs,
ny ses yeux ne se sont armez de traits plus vifs
& plus perçans. La douceur de sa voix à voulu
se faire paroistre dans vn air tout charmant qu'elle

a daigné chanter, & les sons merueilleux qu'elle
formoit passoient jusqu'au fond de mon ame,
& tenoient tous mes sens dans vn rauissement à
ne pouuoir en reuenir. Elle a fait éclater en suite
vne disposition toute diuine, & ses pieds amoureux sur l'émail d'vn tendre gazon traçoient d'aymables caracteres qui m'enleuoient hors de moy-
mesme, & m'attachoient par des nœuds inuain-
sibles aux doux & justes mouuemens dont tout
son corps suiuoit les mouuemens de l'harmonie.
Enfin jamais ame n'a eu de plus puissantes émo-
tions que la mienne, & j'ay pensé plus de vingt
fois oublier ma resolution pour me jetter à ses
pieds, & luy faire vn aueu sincere de l'ardeur
que je sens pour elle.

MORON.

Donnez-vous en bien de garde, Seigneur, si
vous m'en voulez croire : Vous auez trouué la
meilleure inuention du monde, & je me trompe
fort si elle ne vous reüssit. Les femmes sont des
animaux d'vn naturel bizarre, nous les gastons
par nos douceurs, & je croy tout de bon que
nous les verrions nous courir, sans tous ces
respects, & ces soûmissions où les hommes les
acoquinent.

ARBATE.

Seigneur, voicy la Princesse qui s'est vn peu
éloignée de sa suite.

MORON.

Demeurez ferme, au moins, dans le chemin
que vous auez pris : Ie m'en vais voir ce qu'elle
me dira; cependant promenez-vous icy dans ces

petites routes sans faire aucun semblant d'auoir
enuie de la joindre, & si vous l'abordez, demeurez auec elle le moins qu'il vous sera possible. il
do

SCENE TROISIESME.

LA PRINCESSE. MORON.

LA PRINCESSE.

Tv as donc familiarité, Moron, auec le
Prince d'Ithaque ?

MORON.

Ah ! Madame il y a long-temps que nous
nous connoissons.

LA PRINCESSE,

D'où vient qu'il n'est pas venu jusqu'icy, &
qu'il a pris cette autre route quand il ma veuë?

MORON.

C'est vn homme bizare qui ne se plaist qu'à
entretenir ses pensées.

LA PRINCESSE.

Estois-tu tantost au compliment qu'il m'a fait?

MORON.

Ouy, Madame, j'y estois, & je l'ay trouué vn
peu impertinent, n'en deplaise à sa Principauté.

LA PRINCESSE.

Pour moy je le confesse, Moron, cette fuite
ma choquée, & j'ay toutes les enuies du monde
de l'engager pour rabatre vn peu son orgueil.

MORON.

Ma foy, Madame, vous ne feriez pas mal, il le meriteroit bien : mais à vous dire vray, je doute fort que vous y puissiez reüssir.

LA PRINCESSE.

Comment ?

MORON.

Comment ? c'est le plus orgueilleux petit vilain que vous ayez jamais veu. Il luy semble qu'il n'y a personne au monde qui le merite, & que la terre n'est pas digne de le porter.

LA PRINCESSE.

Mais encore, ne t'a-t'il point parlé de moy ?

MORON.

Luy ? non.

LA PRINCESSE.

Il ne t'a rien dit de ma voix, & de ma danse ?

MORON.

Pas le moindre mot.

LA PRINCESSE.

Certes ce mespris est choquant, & je ne puis souffrir cette hauteur estrange de ne rien estimer.

MORON.

Il n'estime, & n'ayme que luy.

LA PRINCESSE.

Il n'y a rien que je ne fasse, pour le soûmettre comme il faut.

MORON.

Nous n'auons point de marbre dans nos montagnes qui soit plus dur, & plus insensible que luy.

LA PRINCESSE.

Le voila,

MORON.

Voyez-vous comme il paſſe , ſans prendre
garde à vous?

LA PRINCESSE.

De grace , Moron, va le faire auiſer que je
ſuis icy, & l'oblige à me venir aborder.

SCENE QVATRIESME.

LA PRINCESSE. EVRIALE. MORON. ARBATE.

MORON.

SEigneur , je vous donne auis que tout va
bien : la Princeſſe ſouhaite que vous l'abor-
diez : mais ſongez bien à continuer voſtre roole,
& de peur de l'oublier ne ſoyez pas long-temps
auec elle.

LA PRINCESSE.

Vous eſtes bien ſolitaire, Seigneur, & c'eſt
vne humeur bien extraordinaire que la voſtre, de
renoncer ainſi à noſtre ſexe, & de fuyr à voſtre
age cette galanterie, dont ſe piquent tous vos
pareils.

EVRIALE.

Cette humeur, Madame , n'eſt pas ſi extraordinaire qu'on n'en trouuaſt des exemples ſans
aller loin d'icy , & vous ne ſçauriez condamner
la reſolution que j'ay priſe de n'aymer jamais

rien, sans condamner aussi vos sentimens.

LA PRINCESSE.

Il y a grande difference, & ce qui sied bien à vn sexe, ne sied pas bien à l'autre. Il est beau qu'vne femme soit insensible, & conserue son cœur exempt des flames de l'amour ; mais ce qui est vertu en elle, deuient vn crime dans vn homme. Et comme la beauté est le partage de nostre sexe, vous ne sçauriez ne nous point aymer, sans nous derober les hommages qui nous sont deus, & commettre vne offence dont nous deuons toutes nous ressentir.

EVRIALE.

Ie ne voy pas, Madame, que celles qui ne veulent point aymer, doiuent prendre aucun interest à ces sortes d'offences.

LA PRINCESSE.

Ce n'est pas vne raison, Seigneur, & sans vouloir aymer, on est toûjours bien-ayse d'estre aymée.

EVRIALE.

Pour moy je ne suis pas de mesme, & dans le dessein où je suis, de ne rien aymer, je serois fasché d'estre aymé.

LA PRINCESSE.

Et la raison ?

EVRIALE.

C'est qu'on a obligation à ceux qui nous ayment, & que je serois fasché d'estre ingrat.

LA PRINCESSE.

Si bien donc, que pour fuyr l'ingratitude, vous aymeriez qui vous aymeroit ?

EVRIALE.

Moy ? Madame, point du tout. Ie dis bien que je serois fasché d'estre ingrat : mais je me resoudrois pluftoft de l'estre, que d'aymer.

LA PRINCESSE.

Telle perfonne vous aymeroit, peut-eftre que voftre cœur....

EVRIALE.

Non , Madame , rien n'eft capable de toucher mon cœur, ma liberté eft la feule maiftreffe à qui je confacre mes vœux , & quand le Ciel employeroit fes foins à compofer vne beauté parfaite, quand il employeroit en elle tous les dons les plus merueilleux , & du corps & de l'ame. Enfin quand il expoferoit à mes yeux vn miracle d'efprit , d'adreffe, & de beauté, & que cette perfonne m'aymeroit auec toutes les tendreffes imaginables , je vous l'auoüe franchement je ne l'aymerois pas.

LA PRINCESSE.

A-ton jamais rien veu de tel !

MORON.

Pefte foit du petit brutal , j'aurois bien enuie de luy bailler vn coup de poing.

LA PRINCESSE *parlant en foy,*

Cet orgueil me confond, & j'ay vn tel d'épit, que je ne me fens pas.

MORON *parlant au Prince.*

Bon courage, Seigneur, voilà qui va le mieux du monde.

EVRIALE

EVRIALE.

Ah! Moron, je n'en puis plus, & je me suis fait des efforts estranges.

LA PRINCESSE.

C'est auoir vne insensibilité bien grande, que de parler comme vous faites.

EVRIALE.

Le Ciel ne m'a pas fait d'vne autre humeur : mais, Madame, j'interromps vostre promenade, & mon respect doit m'aduertir que vous aymez la solitude.

SCENE CINQVIESME.

LA PRINCESSE, MORON, PHILIS, TIRCIS.

MORON.

IL ne vous en doit rien, Madame, en dureté de cœur.

LA PRINCESSE.

Ie donnerois volontiers tout ce que j'ay au monde, pour auoir l'auantage d'en triom-pher.

MORON.

Ie le croy?

LA PRINCESSE.

Ne pourrois-tu, Moron, me seruir dans vn tel dessein ?

F

MORON.

Vous sçauez bien, Madame, que je suis tout
à voſtre ſeruice.

LA PRINCESSE.

Parle luy de moy dans tes entretiens, vante
luy adroitement ma perſonne, & les auantages
de ma naiſſance, & tache débranler ſes ſentimens par la douceur de quelque eſpoir. Ie te
permets de dire tout ce que tu vondras, pour ta-
cher à me l'engager.

MORON.

Laiſſez-moy faire.

LA PRINCESSE.

C'eſt vne choſe qui me tient au cœur, je
ſouhaite ardamment qu'il m'ayme.

MORON.

Il eſt bien fait ? oüy, ce petit pendart là: Il a
bon air, bonne phiſionomie, & je croy qu'il
ſeroit aſſez le fait d'vne jeune Princeſſe.

LA PRINCESSE.

Enfin tu peux tout eſperer de moy, ſi tu trou-
ues moyen d'enflammer pour moy ſon cœur.

MORON.

Il n'y a rien qui ne ſe puiſſe faire ; mais, Madame s'il venoit à vous aymer, que feriez-vous,
s'il vous plaiſt ?

LA PRINCESSE.

Ah ! ce ſeroit lors que je prendrois plaiſir
à triompher pleinement de ſa vanité, à pu-
nir ſon mépris par mes froideurs, & exer-
cer ſur luy toutes les cruautez que je pourrois
imaginer.

MORON.

Il ne se rendra jamais.

LA PRINCESSE.

Ah! Moron, il faut faire en sorte qu'il se rende.

MORON.

Non? il n'en fera rien; je le connois, ma peine seroit inutile.

LA PRINCESSE.

Si faut-il pourtant tenter toute chose, & es-prouuer si son ame est entierement insensible. Allons je veux luy parler, & suiure vne pensée qui vient de me venir.

Fin du troisiesme Acte.

F ij

QVATRIESME INTERMEDE.

SCENE PREMIERE.

PHILIS, TIRCIS.

PHILIS.

Vien, Tircis, laissons les aller, & me dis vn peu ton martyre de la façon que tu sçais faire ? Il y a long-temps que tes yeux me parlent; mais je suis plus ayse d'ouyr ta voix.

TIRCIS *en chantant.*

Tv m'escoutes, helas! dans ma triste langueur;
Mais je n'en suis pas mieux, ô! beauté sans pareille !
Et je touche ton oreille
Sans que je touche ton cœur.

PHILIS.

Va, va, c'est dé-ja quelque chose que de toucher l'oreille, & le temps amene tout. Chante moy cependant quelque plainte nouuelle que tu ayes composée pour moy.

SCENE DEVXIESME.

MORON, PHILIS, TIRCIS.

MORON.

AH! ah! je vous y prens, cruelle; vous vous écartez des autres pour ouyr mon riual?

PHILIS.

Oüy, je m'écarte pour cela ; je te le dis encore :
Ie me plais auec luy, & l'on écoute volontiers
les amans lors qu'ils se plaignent aussi agreablement qu'il fait. Que ne chante-tu comme luy?
je prendrois plaisir à t'écouter.

MORON.

Si je ne sçay chanter, je sçay faire autre chose,
& quand....

PHILIS.

Tais-toy? je veux l'entendre. Dis, Tircis,
ce que tu voudras.

MORON.

Ah! cruelle....

PHILIS.

Silence, dis-je, ou je me mettray en colere.

TIRCIS *en chantant.*

ARbres espais, & vous prez esmaillez,
La beauté dõt l'Hyuer vous auoit despouillez
Par le Printemps vous est renduë :
Vous reprenez tous vos appas;
Mais mon ame ne reprend pas
La joye, helas! que j'ay perduë.

MORON.

Morbleu que n'ay-je de la voix ? ah ! nature maraftre ! pourquoy ne m'as-tu pas donné de-quoy chanter comme à vn autre ?

PHILIS.

En verité, Tircis, il ne fe peut rien de plus agreable, & tu l'emportes fur tous les Riuaux que tu as.

MORON.

Mais pourquoy eft-ce que je ne puis pas chan-ter ? N'ay-je pas vn eftomach, vn gofier, & vne langue comme vn autre ? Oüy, oüy, allons, je veux chanter auffi, & te montrer que l'Amour fait faire toutes chofes. Voicy vne chanfon que j'ay faite pour toy.

PHILIS.

Oüy, dis ? je veux bien t'écouter pour la rareté du fait.

MORON.

Courage, Moron, il n'y a qu'à auoir de la hardieffe.

Moron chante.

TOn extréme rigueur
S'acharne fur mon cœur,
Ah ! Philis je trefpaffe !
Daignes me fecourir ?
En feras-tu plus graffe
De m'auoir fait mourir ?

Viuat, Moron.

PHILIS.

Voila qui eft le mieux du monde : mais, Mo-ron, je fouhaiterois bien d'auoir la gloire, que

quelque Amant fut mort pour moy; c'eſt vn
auantage dont je n'ay point encor joüy, & je
trouue que j'aymerois de tout mon cœur vne
perſonne qui m'aymeroit aſſez pour ſe donner la
mort.

MORON.

Tu aymerois vne perſonne qui ſe tuëroit pour
toy ?

PHILIS.

Oüy.

MORON.

Il ne faut que cela pour te plaire ?

PHILIS.

Non.

MORON.

Voilà qui eſt fait, je te veux montrer que je
me ſçay tuër quand je veux.

TIRCIS *chante.*

Ah! quelle douceur extréme,
De mourir pour ce qu'on ayme.   *bis*

MORON.

C'eſt vn plaiſir que vous aurez quand vous
voudrez.

TIRCIS *chante.*

Courage Moron? meurs promptement
En genereux Amant.

MORON.

Ie vous prie de vous meſler de vos affaires, &
de me laiſſer tuër à ma fantaiſie. Allons je vais

faire honte à tous les Amans ; Tien ? je ne suis
pas homme à faire tant de façons, voy ce poi-
gnard ? prens bien garde comme je vais me per-
Se riãt cer le cœur ? Ie suis voftre feruiteur, quelque
de Tir- niais.
cis.

PHILIS.

Allons, Tircis, viens t'en me redire à l'écho,
ce que tu m'as chanté.

ACTE QVATRIESME.

ARGVMENT.

LA Princesse esperant par vne feinte pouuoir descouurir les sentimens du Prince d'Ithaque, elle luy fit confidence qu'elle aymoit le Prince de Messene : Au lieu d'en paroistre affligé il luy rendit la pareille, & luy fit connoistre que la Princesse sa parente luy auoit donné dans la veuë, & qu'il la demanderoit en Mariage au Roy son Pere : A cette atteinte impreueuë cette Princesse perdit toute sa constance ; & quoy qu'elle essayast à se contraindre deuant luy, aussi-tost qu'il fut sorty, elle demanda auec tant d'empressement à sa Cousine de ne receuoir point les seruices de ce Prince, & de ne l'espouser jamais, qu'elle ne pût le luy refuser : Elle s'en plaignit mesme à Moron, qui luy ayant dit assez fran-chement qu'elle l'aymoit donc, en fut chassé de sa presence.

SCENE PREMIERE.

EVRIALE, LA PRINCESSE, MORON.

LA PRINCESSE.

PRince, comme jusques icy nous auons fait paroiſtre vne conformité de ſentimens, & que le Ciel a ſemblé mettre en nous meſmes attachemens pour noſtre liberté, & meſme auerſion pour l'Amour; je ſuis bien ayſe de vous ouurir mon cœur, & de vous faire confidence d'vn changement dont vous ſerez ſurpris. I'ay toûjours regardé l'Hymen comme vne choſe affreuſe, & j'auois fait ſerment d'abandonner plûtoſt la vie, que de me reſoudre jamais à perdre cette liberté pour qui j'auois des tendreſſes ſi grandes: mais, enfin, vn moment a diſſipé toutes ces reſolutions, le merite d'vn Prince m'a frapé aujourd'huy les yeux, & mon ame tout d'vn coup (comme par vn miracle) eſt deuenuë ſenſible aux traits de cette paſſion que j'auois toûjours meſpriſée. I'ay trouué d'abord des raiſons pour authoriſer ce changement, & je puis l'appuyer de la volonté de reſpondre aux ardantes ſollicitations d'vn Pere, & aux vœux de tout vn Eſtat; mais à vous dire vray, je ſuis en peine du jugement que vous ferez de moy, & je voudrois ſçauoir ſi vous condamnerez ou non le deſſein que j'ay de me donner vn Eſpoux.

EVRIALE.

Vous pourriez faire vn tel choix, Madame,
que je l'approuuerois sans doute.

LA PRINCESSE.

Qui croyez-vous, à vostre auis, que je veuille
choisir ?

EVRIALE.

Si j'estois dans vostre cœur je pourrois vous
le dire : mais comme je n'y suis pas, je n'ay
garde de vous respondre.

LA PRINCESSE.

Deuinez pour voir, & nommez quelqu'vn ?

EVRIALE,

I'aurois trop peur de me tromper.

LA PRINCESSE.

Mais, encore, pour qui souhaiteriez-vous que
je me declarasse ?

EVRIALE.

Ie sçay bien à vous dire vray, pour qui je
le souhaiterois : mais auant que de m'expliquer,
je dois sçauoir vostre pensée.

LA PRINCESSE.

Et bien Prince, je veux bien vous la descouurir : je suis seure que vous allez aprouuer mon
choix, & pour ne vous point tenir en suspent
dauantage, le Prince de Messene est celuy de qui
le merite s'est attiré mes vœux.

EVRIALE.

O Ciel !

LA PRINCESSE.

Mon inuention a reüssi, Moron, le voila qui
se trouble.

MORON *parlant*

à la Princesse.   *au Prince.*   *à la Princesse.*
Bon, Madame. Courage, Seigneur. Il en tient.
au Prince.
Ne vous defaites pas.

LA PRINCESSE.

Ne trouuez-vous pas que j'ay raison, & que
ce Prince a tout le merite qu'on peut auoir?

MORON *au Prince.*

Remettez-vous, & songez à respondre.

LA PRINCESSE.

D'où vient, Prince, que vous ne dites mot,
& semblez interdit?

EVRIALE.

Ie le suis à la verité. & j'admire, Madame,
comme le Ciel a pû former deux ames aussi
semblables en tout que les nostres: deux ames
en qui l'on ait veu vne plus grande conformité
de sentimens, qui ayent fait éclater dans le
mesme temps vne resolution à brauer les traits
de l'Amour, & qui dans le mesme moment ayent
fait paroistre vne égale facilité à perdre le nom
d'insensibles : Car enfin, Madame, puis que vostre exemple m'authorise, je ne feindray point de
vous dire, que l'Amour aujourd'huy s'est rendu
maistre de mon cœur, & qu'vne des Princesses,
vos Cousines, l'aymable & belle Aglante, a
renuersé d'vn coup d'œil tous les projets de ma
fierté. Ie suis rauy, Madame, que par cette éga-
lité de défaite, nous n'ayons rien à nous repro-
cher l'vn & l'autre ; & je ne doute point, que
comme je vous loûë infiniement de vostre choix,

vous n'aprouuiez auſſi le mien. Il faut que ce
miracle éclate aux yeux de tout le monde, &
nous ne deuons point differer à nous rendre tous
deux contens. Pour moy, Madame, je vous ſol-
licite de vos ſuffrages, pour obtenir celle que je
ſouhaite, & vous trouuerez bon que j'aille de
ce pas en faire la demande au Prince voſtre Pere

MORON.

Ah digne! ah braue cœur!

SCENE DEVXIESME.

LA PRINCESSE, MORON.

LA PRINCESSE.

AH! Moron, je n'en puis plus, & ce coup
que je n'attendois pas, triomphe abſolu-
ment de toute ma fermeté.

MORON.

Il eſt vray que le coup eſt ſurprenant, &
j'auois creu d'abord, que voſtre ſtratageme auoit
fait ſon effet.

LA PRINCESSE.

Ah! ce m'eſt vn deſpit à me deſeſperer, qu'vne
autre ait l'auantage de ſoûmettrece cœur que je
voulois ſoûmettre.

SCENE TROISIESME.

LA PRINCESSE, AGLANTE, MORON.

LA PRINCESSE.

PRincesse, j'ay à vous prier d'vne chose qu'il faut absolument que vous m'accordiez: Le Prince d'Ithaque vous ayme, & veut vous demander au Prince mon Pere.

AGLANTE.

Le Prince d'Ithaque, Madame ?

LA PRINCESSE.

Oüy, il vient de m'en asseurer luy-mesme, & m'a demandé mon suffrage pour vous obtenir, mais je vous conjure de rejetter cette proposition, & de ne point prester l'oreille à tout ce qu'il pourra vous dire.

AGLANTE.

Mais, Madame, s'il estoit vray que ce Prince m'aymast effectiuement, pourquoy n'ayant aucun dessein de vous engager, ne voudriez-vous pas souffrir....

LA PRINCESSE.

Non, Aglante, je vous le demande, faites-moy ce plaisir je vous prie, & trouuez bon que n'ayant pû auoir l'auantage de le soûmettre, je luy dérobe la joye de vous obtenir.

AGLANTE.

Madame, il faut vous obeïr; mais je croirois
que la conquefte d'vn tel cœur ne feroit pas vne
victoire à dédaigner.

LA PRINCESSE.

Non, non, il n'aura pas la joye de me brauer
entierement.

SCENE QVATRIESME.

ARISTOMENE, MORON, LA PRINCESSE, AGLANTE.

ARISTOMENE.

Madame, je viens à vos pieds rendre grace
à l'Amour de mes heureux deftins, &
vous tefmoigner auec mes tranfports, le reffen-
timent où je fuis, des bontez furprenantes
dont vous daignez fauorifer le plus foûmis de
vos captifs.

LA PRINCESSE.

Comment ?

ARISTOMENE.

Le Prince d'Ithaque, Madame, vient de m'affeurer tout à l'heure, que voftre cœur auoit eu
la bonté de s'expliquer en ma faueur, fur ce
celebre choix qu'attend toute la Grece.

LA PRINCESSE.

Il vous a dit qu'il tenoit cela de ma bouche?

ARISTOMENE.

Oüy, Madame.

LA PRINCESSE.

C'eſt vn étourdy, & vous eſtes vn peu trop credule, Prince, d'ajouſter foy ſi promptement à ce qu'il vous a dit; vne pareille nouuelle meriteroit bien, ce me ſemble, qu'on n'en doutaſt vn peu de temps, & c'eſt tout ce que vous pourriez faire de la croire, ſi je vous l'auois dite moy-meſme.

ARISTOMENE.

Madame, ſi j'ay eſté trop prompt à me perſuader….

LA PRINCESSE.

De grace, Prince, briſons là ce diſcours, & ſi vous voulez m'obliger, ſouffrez que je puiſſe joüyr de deux momens de ſolitude.

SCENE CINQVIESME.

LA PRINCESSE, AGLANTE, MORON.

LA PRINCESSE.

AH! qu'en cette auanture, le Ciel me traite auec vne rigueur eſtrange! au moins, Princeſſe, ſouuenez-vous de la priere que je vous ay faite?

AGLANTE.

Ie vous l'ay dit déja, Madame, il faut vous obéïr.

MORON.

MORON.

Mais, Madame, s'il vous aymoit vous n'en voudriez point, & cependant vous ne voulez pas qu'il foit à vn autre : C'eſt faire juſtement comme le chien du Iardinier.

LA PRINCESSE.

Non, je ne puis ſouffrir qu'il ſoit heureux auec vne autre, & ſi la choſe eſtoit, je croy que j'en mourrois de deplaiſir.

MORON.

Ma foy, Madame, auoüons la dette, vous voudriez qu'il fût à vous, & dans toutes vos actions, il eſt ayſé de voir que vous aymez vn peu ce jeune Prince.

LA PRINCESSE.

Moy, je l'ayme ? O Ciel ! je l'ayme ? auez-vous l'inſolence de prononcer ces paroles, ſortez de ma veuë impudent, & ne vous preſentez jamais deuant moy.

MORON.

Madame…

LA PRINCESSE.

Retirez-vous d'icy, vous dis-je, ou je vous en feray retirer d'vne autre maniere.

MORON.

Ma foy ſon cœur en a ſa prouiſion, &…

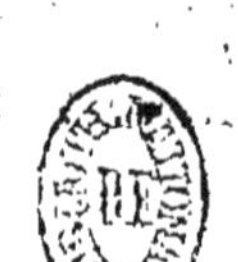

Il ren- contre vn re- gard de la Princeſſe qui l'oblige à ſe retirer.

G

SCENE SIXIESME.

LA PRINCESSE.

DE quelle émotion inconnuë sens-je mõ cœur
atteint ! & quelle inquietude secrette est
venu troubler tout d'vn coup la tranquillité de
mon ame? Ne seroit-ce point aussi, ce qu'õ vient de
me dire, & sans en rien sçauoir n'aymerois-je point
ce jeune Prince? Ah! si cela estoit je serois personne
à me desesperer: mais il est impossible que cela soit,
& je voy bien que je ne puis pas l'aymer. Quoy? je
serois capable de cette lascheté. I'ay veu toute la
Terre à mes pieds, auec la plus grande insensibilité du monde. Les respects, les hommages &
les soûmissions n'ont jamais pû toucher mon ame,
& la fierté & le dédain en auroient triomphé.
I'ay mesprisé tous ceux qui m'ont aymée, &
j'aymerois le seul qui me mesprise ? Non, non, je
sçay bien que je ne l'ayme pas. Il n'y a pas de
raison à cela : Mais si ce n'est pas de l'amour que
ce que je sens maintenant, qu'est-ce donc que
ce peut estre ? & d'où vient ce poison qui me
court par toutes les veines, & ne me laisse point
en repos auec moy-mesme ? Sors de mon cœur,
qui que tu sois, ennemy qui te caches, attaque
moy visiblement, & deuiens à mes yeux la plus
affreuse beste de tous nos bois, afin que mon dart
& mes fleches me puissent deffaire de toy. O

vous ? admirables personnes, qui par la douceur
de vos chants auez l'art d'adoucir les plus fascheuses inquietudes, approchez-vous d'icy de grace,
& tachez de charmer auec voltre Musique le
chagrin où je suis.

Fin du quatriesme Acte.

CINQVIEME INTERMEDE.

CLIMENE. PHILIS.

CLIMENE.

CHere Philis, dis-moy, que crois-tu de l'A-
mour ?

PHILIS.

Toy-mesme, qu'en crois-tu , ma compagne
fidelle ?

CLIMENE.

On m'a dit que sa flame est pire qu'vn Vautour,
Et qu'on souffre en aymant vne peine cruelle.

PHILIS.

On m'a dit qu'il n'est point de passion plus belle,
Et que ne pas aymer s'est renoncer au jour.

CLIMENE.

A qui des deux donnerons-nous victoire?

PHILIS.

Qu'en croyrons-nous, ou le mal ou le bien?

CLIMENE ET PHILIS *ensemble*.

Aymons c'est le vray moyen
De sçauoir ce qu'on en doit croire.

PHILIS.

Cloris vante par tout l'Amour & ses ardeurs,

CLIMENE.

Amarante pour luy verse en tous lieux des larmes.

PHILIS.

Si de tant de tourmens il accable les cœurs,
D'où vient qu'on ayme à luy rendre les armes ?

CLIMENE.

Si sa flame, Philis, est si pleine de charmes,
Pourquoy nous deffend-on d'en gouster les douceurs ?

PHILIS.

A qui des deux donnerons-nous victoire ?

CLIMENE.

Qu'en croirons-nous, ou le mal ou le bien :

TOVTES DEVX ENSEMBLES.

Aymons c'est le vray moyen
De sçauoir ce qu'on en doit croire.

*La Princesse les interrompit en cet endroit, &
leur dit,* Acheuez seules si vous voulez, je ne
sçaurois demeurer en repos & quelque douceur
qu'ayent vos chants, ils ne font que redoubler
mon inquietude.

G iij

ACTE CINQVIESME.

ARGVMENT.

IL se passoit dans le cœur du Prince de Messene des choses bien differentes ; la joye que luy auoit donné le Prince d'Ithaque, en luy apprenant malicieusement qu'il estoit aymé de la Princesse, l'auoit obligé de l'aller trouuer auec vne inconsideration que rien qu'vne extréme amour ne pouuoit excuser ; mais il en auoit esté receu d'vne maniere bien differente à ce qu'il esperoit. Elle luy demanda qui luy auoit appris cette nouuelle, & quand elle eut sçeu que c'auoit esté le Prince d'Ithaque, cette connoissance augmenta cruellement son mal, & luy fit dire à demy desesperée, c'est vn estourdy ; & ce mot estourdit si fort le Prince de Messene, qu'il sortit tout confus sans luy pouuoir respõdre. La Princesse d'vn autre costé alla trouuer le Roy son Pere, qui venoit de paroistre auec le Prince d'Ithaque, & qui luy tesmoignoit, non seulement la joye qu'il auroit euë de le voir entrer dans son alliance, mesme l'opinion qu'il commençoit d'auoir que sa Fille ne le haïssoit pas : Elle ne fut pas plustost aupres de luy, que se jettant à ses pieds, elle luy demanda pour la plus grande faueur qu'elle en peust jamais receuoir, que le Prince d'Ithaque n'espousast jamais la Princesse.

Ce qui luy promit solemnellement ; mais il luy dit,
que si elle ne vouloit point qu'il fût à un autre, il
falloit qu'elle le prit pour elle : Elle luy respondit,
il ne le voudroie pas ; mais d'une maniere si passionnée, qu'il estoit aysé de connoistre les sentimens de
son cœur. Alors le Prince quittant toute sorte de
feinte, luy confessa son amour, & le stratageme dont
il s'estoit seruy pour venir au point où il se voyoit
alors par la connoissance de son humeur : La Princesse luy donnant la main, le Roy se tourna vers les
deux Princes de Messene & de Pyle, & leur demanda si ses deux Parentes, dont le merite n'estoit
pas moindre que la qualité, ne seroient point capables de les consoler de leur disgrace ; ils luy respondirent que l'honneur de son alliance faisant tous
leurs souhaits, ils ne pouuoient esperer une plus
heureuse fortune. Alors la joye fut si grande dans
le Palais, qu'elle se respandit par tous les enuirons.

SCENE PREMIERE.

LE PRINCE. EVRIALE.[1] MORON. AGLANTE. CINTHIE.

MORON.

OVy, Seigneur, ce n'est point raillerie, j'en suis ce qu'on appelle disgracié. Il ma falu tirer mes chausses au plus viste, & jamais vous n'auez veu vn emportement plus brusque que le sien.

LE PRINCE.

Ah ! Prince, que je deuray de graces à ce stratageme amoureux, s'il faut qu'il ait trouué le secret de toucher son cœur.

EVRIALE.

Quelque chose, Seigneur, que l'on vienne de vous en dire, je n'ose encore, pour moy, me flater de ce doux espoir : mais enfin si ce n'est pas à moy trop de temerité, que d'oser aspirer à l'honneur de vostre alliance, si ma personne, & mes Estats....

LE PRINCE.

Prince n'entrons point dans ces complimens, je trouue en vous dequoy remplir tous les souhaits d'vn Pere, & si vous auez le cœur de ma fille, il ne vous manque rien.

SCENE DEVXIESME.

LA PRINCESSE, LE PRINCE, EVRIALE, AGLANTE, CINTHIE, MORON.

LA PRINCESSE.

O Ciel ! que vois-je icy ?

LE PRINCE.

Ouy, l'honneur de voſtre alliance m'eſt d'vn prix tres-conſiderable, & je ſouſcris ayſément de tous mes ſuffrages à la demande que vous me faites.

LA PRINCESSE,

Seigneur, je me jette à vos pieds pour vous demander vne grace. Vous m'auez toûjours teſmoigné vne tendreſſe extréme, & je croy vous deuoir bien plus par les bontez que vous m'auez fait voir, que par le jour que vous m'auez donné : Mais ſi jamais pour moy vous auez eu de l'amitié, je vous en demande aujourd'huy la plus ſenſible preuue que vous me puiſſiez accorder ; c'eſt de n'écouter point, Seigneur, la demande de ce Prince, & de ne pas ſouffrir que la Princeſſe Aglante ſoit vnie auec luy.

LE PRINCE.

Et par quelle raiſon, ma Fille, voudrois-tu t'oppoſer à cette vnion ?

LA PRINCESSE.

Par la raifon, que je hais ce Prince, & que je
veux, fi je puis, trauerfer fes deffeins.

LE PRINCE.

Tu le hais, ma Fille ?

LA PRINCESSE.

Ouy, & de tout mon cœur, je vous l'auoüé.

LE PRINCE.

Et que ta-t'il fait ?

LA PRINCESSE.

Il ma mefprifée.

LE PRINCE.

Et comment ?

LA PRINCESSE.

Il ne ma pas trouuée affez bien faite pour m'ad-
dreffer fes vœux.

LE PRINCE.

Et quelle offence te fait cela ? Tu ne veux ac-
cepter perfonne ?

LA PRINCESSE.

N'importe, il me deuoit aymer comme les autres, & me laiffer, au moins, la gloire de le re-
fufer : Sa declaration me fait vn affront, & ce
m'eft vne honte fenfible, qu'à mes yeux, & au
milieu de voftre Cour il a recherché vne autre
que moy.

LE PRINCE.

Mais quel intereft dois-tu prendre à luy ?

LA PRINCESSE.

I'en prens, Seigneur, à me vanger de fon
mefpris, & comme je fçay bien qu'il ayme
Aglante auec beaucoup d'ardeur, je veux em-

pescher, s'il vous plaist, qu'il ne soit heureux auec elle.

LE PRINCE.

Cela te tient donc bien au cœur ?

LA PRINCESSE.

Ouy, Seigneur, sans doute, & s'il obtient ce qu'il demande, vous me verrez expirer à vos yeux.

LE PRINCE.

Va, va ma Fille, auouë franchement la chose. Le merite de ce Prince t'a fait ouurir les yeux, & tu l'aymes, enfin, quoy que tu puisse dire.

LA PRINCESSE.

Moy, Seigneur ?

LE PRINCE.

Ouy, tu l'aymes.

LA PRINCESSE.

Ie l'aymes, dites-vous ? & vous m'imputez cette lascheté, O Ciel ! quelle est mon infortune ! puis-je bien sans mourir, entendre ces paroles, & faut-il que je sois si malheureuse qu'on me soupçonne de l'aymer. Ah ! si c'estoit vn autre que vous, Seigneur, qui me tint ce discours, je ne sçay pas ce que je ne ferois point.

LE PRINCE.

Et bien ? ouy, tu ne l'aymes pas : Tu le hais, j'y consens, & je veux bien pour te contenter qu'il n'espouse pas la Princesse Aglante.

LA PRINCESSE

Ah ! Seigneur, vous me donnez la vie.

LE PRINCE.

Mais afin d'empescher qu'il ne puisse estre jamais à Elle, il faut que tu le prenne pour toy.

LA PRINCESSE.

Vous vous mocquez, Seigneur, & ce n'eſt pas
ce qu'il demande.

EVRIALE.

Pardonnez-moy, Madame, je ſuis aſſez teme-
raire pour cela, & je prens à teſmoin le Prince
voſtre Pere, ſi ce n'eſt pas vous que j'ay deman-
dée. C'eſt trop vous tenir dans l'erreur, il faut
leuer le maſque, & deuſſiez-vous vous en pre-
ualoir contre moy, deſcouurir à vos yeux les ve-
ritables ſentimens de mon cœur. Ie n'ay jamais aymé que vous, & jamais je n'aymeray
que vous. C'eſt vous, Madame, qui m'auez
enleué cette qualité d'inſenſible que j'auois
toûjours affectée, & tout ce que j'ay pû
vous dire, n'a eſté qu'vne feinte qu'vn mou-
uement ſecret m'a inſpirée, & que je n'ay
ſuiuie qu'auec toutes les violences imaginables.
Il falloit qu'elle ceſſaſt bien-toſt, ſans doute, &
je m'eſtonne ſeulement qu'elle ait pû durer la
moitié d'vn jour ; car enfin je mourois, je bru-
ſlois dans l'âme quand je vous déguiſois mes
ſentimens, & jamais cœur n'a ſouffert vne con-
trainte égale à la mienne. Que ſi cette feinte,
Madame, à quelque choſe qui vous offence je
ſuis tout preſt de mourir pour vous en vanger :
Vous n'auez qu'à parler, & ma main ſur le champ
fera gloire d'executer l'Arreſt que vous pronon-
cerez.

LA PRINCESSE.

Non, non, Prince, je ne vous ſçay pas mauuais

gré de m'auoir abufée, & tout ce que vous m'a-
uez dit, je l'ayme bien mieux vne feinte, que non
pas vne verité.

LE PRINCE.

Si bien donc, ma Fille, que tu veux bien ac-
cepter ce Prince pour Efpoux ?

LA PRINCESSE.

Seigneur, je ne fçay pas encore ce que je veux:
donnez-moy le temps d'y fonger, je vous prie, &
m'épargnez vn peu la confufion où je fuis.

LE PRINCE.

Vous jugez, Prince, ce que cela veut dire, &
vous vous pouuez fonder la deffus.

EVRIALE

Iel'a ttendray tant qu'il vous plaira, Madame,
cet Arreft de ma deftinée, & s'il me condamne à
la mort, je le fuiuray fans murmure.

LE PRINCE.

Vien, Moron, c'eft icy vn jour de paix, & je
te remets en grace auec la Princeffe.

MORON.

Seigneur, je feray meilleur Courtifan vne autre
fois, & je me garderay bien de dire ce que je
penfe.

SCENE TROISIESME.

ARISTOMENE, THEOCLE, LE PRINCE, LA PRINCESSE, AGLANTE, CINTHIE. MORON.

LE PRINCE.

IE crains bien, Princes, que le choix de ma Fille ne soit pas en vostre faueur, mais voila deux Princesses qui peuuent bien vous consoler de ce petit malheur.

ARISTOMENE.

Seigneur, nous sçauons prendre nostre party, & si ces aymables Princesses n'ont point trop de mespris pour les cœurs qu'on a rebutez, nous pouuons reuenir par elles à l'honneur de vostre alliance.

SCENE QVATRIESME.

PHILIS, ARISTOMENE, THEOCLE, LE PRINCE, LA PRINCESSE, AGLANTE, CINTHIE, MORON.

PHILIS.

Seigneur, la Deeſſe Venus vient d'annoncer par tout le changement du cœur de la Princeſſe : Tous les Paſteurs & toutes les Bergeres en teſmoignent leur joye par des dances & des chanſons, & ſi ce n'eſt point vn ſpectacle que vous mépriſiez, vous allez voir l'allegreſſe publique ſe repandre juſques icy.

Fin du cinquieſme Acte.

SIXIESME INTERMEDE

CHOEVR DE PASTEVRS ET DE BERGERES QVI DANSENT.

*Quatre Bergers & deux Bergeres Heroïques
representez les premiers par les Sieurs le Gros, Esti-
ual Don & Blondel, & les deux Bergeres par
Madlle de la Barre & Madlle Hilaire se prenant
par la main, chanterent cette Chanson à danser à
laquelle les autres respondirent.*

CHANSON.

Vsez mieux, ô ! beautez fieres !
  Du pouuoir de tout charmer ;
Aymez, aymables Bergeres,
Nos cœurs sont faits pour aymer :
  Quelque fort qu'on s'en deffende,
Il y faut venir vn jour :
  Il n'est rien qui ne se rende
Aux doux charmes de l'Amour.

  Songez de bonne heure à suiure
Le plaisir de s'enflamer,
Vn cœur ne commence à viure
Que du jour qu'il sçait aymer :
  Quelque fort qu'on s'en deffende,
Il y faut venir vn jour :
Il n'est rien qui ne se rende
Aux doux charmes de l'Amour.

Pendant

Pendant que ces aymables personnes dansoient, il sortit de dessous le Theatre la machine d'vn grand arbre chargé de seize Faunes, dont les huit joüerent de la Fluste, & les autres du Violon, auec vn concert le plus agreable du monde. Trente Violons leur respondoient de l'Orchestre, auec six autres concertans de Clauessins & de Thuorbes, qui estoient les Sieurs D'Anglebert, Richard, Itier, La Barre le cadet, Tissu & le Moire.

Et quatre Bergers & quatre Bergeres vinrent danser vne fort belle entrée, à laquelle les Faunes descendans de l'arbre se meslerent de temps en temps, & toute cette Scene fust si grande, si remplie & si agreable, qu'il ne s'estoit encore rien veu de plus beau en Ballet.

Aussi fit-elle vne aduantageuse conclusion aux diuertissemens de ce jour, que toute la Cour ne loüa pas moins que celuy qui l'auoit precedé, se retirant auec vne satisfaction qui luy fit bien espe-rer de la suite d'vne Feste si complette.

Les Bergers estoient. Les Sieurs Chicanneau, du Pron, Noblet, & la Pierre.
Et les Bergeres. Les Sieurs Baltazard, Magny, Arnald, & Bonard.

TROISIESME IOVRNE'E.

DES PLAISIRS
DE L'ISLE
ENCHANTE'E.

Lvs on s'auançoit vers le grand Rondeau qui representoit le Lac, sur lequel estoit autresfois basty le Palais d'Alcine : plus on s'approchoit de la fin des diuertissemens de l'Isle Enchantée, comme s'il n'eust pas esté juste que tant de braues Cheualiers demeurassent plus long-temps dans vne oysiueté qui eust fait tort à leur gloire.

On feignoit donc, suiuant toûjours le premier dessein, que le Ciel ayant resolu de donner la liberté à ces Guerriers: Alcine en eut des pressentimens qui la remplirent de terreur & d'inquietudes : Elle voulut apporter tous les remedes

possibles pour preuenir ce malheur, & fortifier
en toutes manieres vn lieu qui pût renfermer
tout son repos & sa joye.

On fit paroistre sur ce Rondeau, dont l'esten-
duë & la forme sont extraordinaires, vn Rocher
situé au milieu d'vne Isle couuerte de diuers animaux, comme s'ils eussent voulu en deffendre
l'entrée.

Deux autres Isles plus longues, mais d'vne
moindre largeur, paroissoient aux deux costez de
la premiere, & toutes trois aussi bien que les
bords du Rondeau, estoient si fort esclairées, que
ces lumieres faisoient naistre vn nouueau jour
dans l'obscurité de la nuit.

Leurs Majestez estant arriuées, n'eurent pas
plustost pris leur place, que l'vne des deux Isles
qui paroissoient aux costez de la premiere, fut
toute couuerte de Violons fort bien vestus.

L'autre qui estoit opposée, le fut au mesme
temps de Trompettes & de Tymballiers, dont
les habits n'estoient pas moins riches.

Mais ce qui surprit dauantage, fut de voir sortir Alcine de derriere le Rocher, portée par vn
Monstre-Marin d'vne grandeur prodigieuse.

Deux des Nymphes de sa suite, sous les noms
de Célie & de Dircé, partirent au mesme temps
à sa suite; & se mettant à ses costez sur de grandes
Baleines, elles s'approcherent du bord du Rondeau, & Alcine commença des Vers, ausquels
ses Compagnes respondirent, & qui furent à la
loüange de la Reyne Mere du Roy.

ALCINE, CELIE, DIRCE.

ALCINE.

Vous à qui je fis part de ma felicité,
Pleurez auecque moy dans cette extremité.

CELIE.

Quel est donc le sujet des soudaines alarmes
Qui de vos yeux charmans font couler tant de
　　larmes?

ALCINE.

Si je pense en parler, ce n'est qu'en fremissant.
　Dans les sombres horreurs d'vn songe menassant,
Vn spectre m'auertit, d'vne voix esperduë,
Que pour moy des Enfers la force est suspenduë;
Qu'vn celeste pouuoir arreste leur secours,
Et que ce jour sera le dernier de mes jours.
　Ce que versa de triste au poinct de ma naissance
Des Astres ennemis, la maligne influence,
Et tout ce que mon art m'a pre dit de malheurs,
En ce songe fut peint de si viues couleurs,
Qu'à mes yeux éueillez sans cesse il represente
Le pouuoir de Melisse, & l'heur de Bradamante
　I'auois preueu ces maux, mais les charmans
　　plaisirs
Qui sembloient en ces lieux preuenir nos desirs;
Nos superbes palais, nos jardins, nos cam-
　　pagnes,
L'agreable entretien de nos cheres compagnes;

Nos jeux & nos chansons, les concerts des oyseaux
Le parfun des Zephirs, le murmure des eaux,
De nos tendres amours les douces auantures,
M'auoient fait oublier ces funestes augures,
Quand le songe cruel dont je me sens troubler,
Auec tant de fureur les vint renouueller.

Chaque instant je croy voir mes forces terrassées,
Mes gardes esgorgeZ, & mes prisons forcées;
Ie croy voir mille amans, par mon art transformez,
D'vne égale fureur à ma perte animez,
Quitter en mesme temps leurs troncs & leurs
       feüillages,
Dans le juste dessein de vanger leurs outrages,
Et je croy voir, enfin, mon aymable Roger
De mes fers méprisez, prest à se desgager.

CELIE.

La crainte en vostre esprit s'est acquis trop d'em- [pire,
Vous regniez seule icy, pour vous seule on soûpire;
Rien n'interrompt le cours de vos contentemens
Que les accens plaintifs de vos tristes amans.
Logistile & ses gens chassez de nos campagnes
Tremblent encor de peur, cachez dans leurs mon-
       tagnes;
Et le nom de Melisse, en ces lieux inconnu,
Par vos augures seuls jusqu'à nous est venu.

DIRCE.

Ah! ne nous flatons point, ce fantosme effroyable
M'a tenu cette nuit vn discours tout semblable.

ALCINE.

Helas! de nos malheurs qui peut encor douter.

CELIE.

I'y vois vn grand remede, & facile à tenter.

Vne Reyne paroiſt, dont le ſecours propice
Nous ſçaura garentir des efforts de Meliſſe :
Par tout de cette Reyne on vante la bonté ,
Et l'on dit que ſon cœur, de qui la fermeté
Des flots les plus mutins mépriſa l'inſolence,
Contre les vœux des ſiens eſt toûjours ſans defenſe.

ALCINE.

Il eſt vray je la vois, en ce preſſant danger
A nous donner ſecours, taſchons de l'engager ;
Diſons-luy qu'en tous lieux la voix publique eſtale
Les charmantes beautez de ſon ame Royale ;
Diſons que ſa vertu plus haute que ſon rang
Sçait releuer l'eſclat de ſon auguſte ſang,
Et que de noſtre ſexe elle a porté la gloire
Si loin que l'auenir aura peine à le croire ;
Que du bon-heur public ſon grand cœur amoureux
Fit toûjours des perils vn mépris genereux ;
Que de ſes propres maux, ſon ame à peine atteinte,
Pour les maux de l'Eſtat garda toute ſa crainte :
Diſons que ſes bien-faits verſez à pleines mains
Luy gaignent le reſpe& & l'amour des humains,
Et qu'au moindre danger dont elle eſt menacée
Toute la terre en deüil ſe montre intereſſee :
Diſons qu'au plus haut point de l'abſolu pouuoir,
Sans faſte & ſans orgueil ſa grandeur s'eſt fait voir ;
Qu'aux temps les plus faſcheux, ſa ſageſſe côſtante,
Sans crainte a ſouſtenu l'authorité penchante ;
Et dans le calme heureux, par ſes trauaux acquis,
Sans regret la remit dans les mains de ſon Fils.
Diſons par quels reſpe&ts, par quelle complaiſance
De ce Fils glorieux, l'amour la recompenſe ;

H iiij

Vantons les longs trauaux, vantons les justes Loix
De ce Fils reconnu pour le plus grand des Rois ;
Et comment cette Mere, heureusement feconde,
Ne donnant que deux fois a donné tant au monde.
　Enfin, faisons parler nos soûpirs & nos pleurs
Pour la rendre sensible à nos viues douleurs,
Et nous pourrons trouuer au fort de nostre peine
Vn refuge paisible aux pieds de cette Reyne.

DIRCE'.

　Ie sçais bien que son cœur, noblement genereux,
Ecoute auec plaisir la voix des malheureux :
Mais on ne voit jamais éclater sa puissance
Qu'à repousser le tort qu'on fait à l'innocence ;
Ie sçais qu'elle peut tout, mais je n'ose penser
Que jusqu'à nous deffendre on la vit s'abaisser.
　De nos douces erreurs elle peut estre instruite,
Et rien n'est plus contraire à sa rare conduite ;
Son zele si connu pour le culte des Dieux
Doit rendre à sa vertu nos respects odieux,
Et loin qu'à son abord mon effroy diminuë,
Malgré-moy je le sens qui redouble à sa veuë.

ALCINE.

　Ah ! ma propre frayeur suffit pour m'affliger !
Loin d'aigrir mon ennuy, cherche à le soulager,
Et tasche de fournir à mon ame oppressée
Dequoy parer aux maux dont elle est menacée.
　Redoublons cependant les Gardes du Palais,
Et s'il n'est point pour nous d'azile desormais ;
Dans nostre desespoir cherchons nostre deffense,
Et ne nous rendons pas au moins sans resistance,

Alcine. Mademoifelle du Parc. *Celie*. Mademoifelle de Brie. *Dircé*. Mademoifelle Moliere.

LOrs qu'ils eurent acheué, & qu'Alcine fe fut retirée pour aller redoubler les Gardes du Palais, le concert des Violons fe fit entendre ; pendant que le Frontifpice du Palais venant à s'ouurir auec vn merueilleux artifice, & des Tours à s'efleuer à veuë d'œil.

Quatre Geants d'vne grandeur defmefurée, vinrent à paroiftre auec quatre Nains ; qui par l'oppofition de leur petite taille, faifoient paroiftre celle des Geants encore plus exceffiue. Ces Colloffes eftoient commis à la garde du Palais, & ce fut par eux que commença la premiere Entrée du Ballet.

BALLET DV PALAIS D'ALCINE.

PREMIERE ENTRE'E.

Vatre Geants, & quatre Nains.

Geants. Les Sieurs Mançeau, Vagnard, Pesan, & Ioubert.

Nains. Les deux petits Des-Airs, le petit Vagnard, & le petit Tutin.

II. ENTRE'E.

HVit Maures chargez par Alcine de la garde du dedans, en font vne exacte visite, auec chacun deux flambeanx.

Maures Messieurs d'Henreux, Beauchamp, Molier, La Marre, Les Sieurs Le Chantre, De Gan, Du Pron, & Mercier.

III. ENTRE'E

CEpendant vn defpit amoureux oblige fix des
Cheualiers qu'Alcine retenoit aupres d'elle,
à tenter la fortie de ce Palais ; mais la fortune
ne fecondant pas les efforts qu'ils font dans
leur defefpoir, ils font vaincus apres vn grand
combat par autant de Monftres qui les atta-
quent.

Six Cheualiers, & fix Monftres.

Cheualiers. Monfieur de Souuille , Les Sieurs
Raynal, Des-Airs l'aifné, Des-Airs le fecond
De Lorge , & Balthafard.

Monftres. Les Sieurs Chicanneau,
Noblet , Arnald , Desbroffes ,
Defonets, & la Pierre.

VI. ENTRE'E.

Lcine allarmée de cet accident, inuoque de nouueau tous ses Esprits, & leur demande secours: il s'en presente deux à elle, qui font des sauts auec vne force, & vne agilité merueilleuses.

Demons Agilles.

Les Sieurs S. André & Magny.

V. ENTRE'E.

D'Autres Demons viennent encore, & semblent asseurer la Magicienne qu'ils n'oublieront rien pour son repos.

Autres Demons Sauteurs.

Les Sieurs Tutin, La Brodiere, Pesan, & Bureau.

VI. ET DERNIERE ENTRE'E.

MAis à peine commence-t'elle à fe r'affeurer, qu'elle voit paroiftre aupres de Roger, & de quelques Cheualiers de fa fuite, la fage Meliffe fous la forme d'Athlas ; Elle court auffitoft pour empefcher l'effet de fon intention ; mais elle arriue trop tard : Meliffe a déja mis au doigt de ce braue Cheualier la fameufe bague qui deftruit les enchantemens. Lors vn coup de tonnerre „ fuiuy de plufieurs efclairs, marque la deftruction du Palais, qui eft auffi-toft reduit en cendres par vn Feu d'artifice, qui met fin à cette auanture, & aux diuertiffements de l'Ifle Enchantée.

Alcine. Mademoifelle du Parc. *Meliffe.* De Lorge.
Roger. M. Beauchamp.

Cheualiers. Meffieurs d'Heureux, Raynal, Du Pron, & Desbroffes.

Efcuyers. Meffieurs La Marre, Le Chantre, De Gan, & Mercier.

FIN DV BALLET.

IL sembloit que le Ciel, la Terre & l'Eau fussent tous en feu, & que la destruction du superbe Palais d'Alcine ; comme la liberté des Cheualiers qu'elle y retenoit en prison, ne se pût accomplir que par des prodiges & des miracles. La hauteur & le nombre des fusées volantes, celles qui rouloient sur le riuage, & celles qui resortoient de l'eau apres s'y estre enfoncées, faisoient vn spectacle si grand & si magnifique, que rien ne pouuoit mieux terminer les Enchantemens, qu'vn si beau Feu d'Artifice ; lequel ayant enfin cessé apres vn bruit & vne longueur extraordinaires, les coups de boëtes qui l'auoient commencé redoublerent encore.

Alors toute la Cour se retirant, confessa qu'il ne se pouuoit rien voir de plus acheué que ces trois Festes : Et c'est assez aduoüer qu'il ne s'y pouuoit rien adjouster, que de dire que les trois Iournées ayant eu chacune ses partisans, comme chacun auoit eu ses beautez particuliers, on ne cóuint pas du prix qu'elles deuoient emporter entre-elles ; bien qu'on demeurast d'accord qu'elles pouuoient justement le disputer à toutes celles qu'on auoit veuës jusques alors, & les surpasser peut-estre.

Mais quoy que les Festes comprises dans le sujet des Plaisirs de l'Isle Enchantée fussent terminées, tous les diuertissemens de Versailles ne l'estoient pas ; & la magnificence & la galanterie du Roy, en auoit encore reserué pour les autres jours, qui n'estoient pas moins agreables.

Le Samedy dixiefme Sa Majefté voulut courre les teftes ; c'eft vn exercice que peu de gens ignorent, & dont l'vfage eft venu d'Allemagne, fort bien inuenté, pour faire voir l'adreffe d'vn Caualier ; tant à bien mener fon cheual dans les paffades de guerre, qu'à bien fe feruir d'vne lance, d'vn dard, & d'vne efpée. Si quelqu'vn ne les a point veu courre, il en trouuera icy la defcription, eftant moins communes que la bague, & feulement icy depuis peu d'années, & ceux qui en ont eu le plaifir, ne s'ennuyent pas pourtant d'vne narration fi peu eftenduë.

Les Cheualiers entrent l'vn apres l'autre dans la Lice la lance à la main, & vn dart fous la cuiffe droite ; & apres que l'vn deux à couru & emporté vne Tefte de gros carton peinte, & de la forme de celle d'vn Turc, il donne fa lance à vn Page, & faifant la demy-volte il reuient à toute bride à la feconde Tefte, qui a la couleur & la forme d'vn Maure, l'emporte auec le dard qui luy jette en paffant ; puis reprenant vne jaueline, peu diferente de la forme du dard, dans vne troifiefme paffade il la darde dans vn bouclier où eft peinte vne tefte de Medufe ; & acheuant fa demy-volte il tire l'efpée, dont il emporte en paffant toûjours à toute bride vne tefte efleuée à vn demy pied de terre ; puis faifant place à vn autre, celuy qui en fes courfes en a emporté le plus, gagne le prix.

Toute la Cour s'eftant placée fur vne baluftrade de fer doré, qui regnoit autour de l'agreable maifon de Verfailles, & qui regarde fur le foffé,

dans lequel on auoit dreffé la Lice auec des Bar-
rieres.

Le Roy s'y rendit fuiuy des mefmes Cheualiers
qui auoient couru la bague : Les Ducs de S.
Aignan & de Noailles y continüans leurs pre-
mieres fonctions ; l'vn de Marefchal de Camp,
& l'autre de Iuge des Courfes : Il s'en fit plufieurs
fort belles & heureufes ; mais l'addreffe du Roy
luy fit emporter hautement, en fuitte du prix de
la Courfe des Dames, encore celuy que donnoit
la Reyne ; c'eftoit vne rofe de Diamans de grand
prix, que le Roy, apres l'auoir gagnée, redonna
liberalement à courre aux autres Cheualiers, &
que le Marquis de Coaflin difputa contre le Marquis de Soyecourt & la gagna.

Le Dimanche au leuer du Roy, quafi toute la
conuerfation tourna fur les belles Courfes du jour
precedent, & donna lieu à vn grand deffy entre
le Duc de S. Aignan, qui n'auoit point encore
couru, & le Marquis de Soyecourt, qui fut re-
mife au lendemain, pource que le Marefchal Duc
de Grammont, qui parioit pour ce Marquis,
eftoit obligé de partir pour Paris, d'où il ne deuoit reuenir que le jour d'apres.

Le Roy mena toute la Cour cette aprefdinée à
fa Mefnagerie, dont on admira les beautez particulieres, & le nôbre prefque incroyable d'oyfeaux
de toutes fortes ; parmy lefquels il y en a beaucoup
de fort rares. Il feroit inutile de parler de la collation qui fuiuit ce diuertiffement, puis que huit
jours durant chaque repas pouuoit paffer pour vn
Feftin des plus grands qu'on puiffe faire.

Et

Et le soir Sa Majesté fit representer sur l'vn de ces theatres doubles de son Sallon, que son Esprit vniuersel a luy-mesme inuentez, la Comedie des Fascheux faite par le Sieur de Moliere, meslées d'entrées de Ballet, & fort ingenieuse.

Le bruit du deffy qui se deuoit courir le Lundy douziesme, fit faire vne infinité de gageures d'assez grande valeur; quoy que celle des deux Cheualiers ne fut que de cent pistolles: Et comme le Duc par vne heureuse audace donnoit vne Teste à ce Marquis fort adroit, beaucoup tenoient pour ce dernier; qui s'estant rendu vn peu plus tard chez le Roy, y trouua vn cartel pour le presser, lequel pour n'estre qu'en prose, on n'a point mis en ce discours.

Le Duc de S. Aignan, auoit aussi fait voir à quelques-vns de ses amis, comme vn heureux presage de sa victoire, ces quatre Vers.

AVX DAMES.

BElles vous direz en ce jour
Si vos sentimens sont les nostres,
Qu'estre vainqueur du grand Soyecourt
C'est estre vainqueur de dix autres.

Faisant toûjours allusion à son nom de Guidon le Sauuage, que l'auanture de l'Isle perilleuse rendit victorieux de dix Cheualiers.

Aussi-tost que le Roy eust disné, il conduisit les Reynes, Monsieur, Madame, & toutes les Dames dans vn lieu où on deuoit tirer vne Lo-

I

terie, afin que rien ne manquaſt à la galànterie
de ces Feſtes ; c'eſtoit des pierreries , des ameu-
blemens , de l'argenterie & autres choſes ſemblables : Et quoy que le ſort ait accouſtumé de
decider de ces preſens, il s'accorda ſans doute
auec le deſir de S. M. quand il fit tomber le gros
lot entre les mains de la Reyne ; chacun ſortant
de ce lieu là fort content , pour aller voir les
Courſes qui s'alloient commencer.

Enfin Guidon & Oliuier parurent ſur les rangs
à cinq heures du ſoir , fort proprement veſtus &
bien montez.

Le Roy auec toute la Cour les honora de ſa
preſence ; & Sa Majeſté leuſt meſme les Articles
des Courſes , afin qu'il n'y euſt aucune conteſta-
tion entre-eux. Le ſuccez en fut heureux au Duc
de S. Aignan , qui gagna le deffy.

Le ſoir ſa Majeſté fit joüer vne Comedie nom-
mée Tartuffe , que le Sieur de Molliere auoit fait
contre les Hypocrites ; mais quoy qu'elle eut eſté
trouuée fort diuertiſſante , le Roy connut tant
de conformité entre ceux qu'vne veritable de-
uotion met dans le chemin du Ciel , & ceux
qu'vne vaine oſtentation des bonnes œuures
n'empeſche pas d'en commettre de mauuaiſes ;
que ſon extréme delicateſſe pour les choſes de la
Religion , ne pût ſouffrir cette reſſemblance du
vice auec la vertu , qui pouuoit eſtre priſe l'vne
pour l'autre : Et quoy qu'on ne doutaſt point des
bonnes intentions de l'Autheur , il la deffendit
pourtant en public , & ſe priua ſoy-meſme de
ce plaiſir, pour n'en pas laiſſer abuſer à d'autres,

:moins capables d'en faire vn juste discerne-
.ment.

Le Mardy treiziefme le Roy voulut encore
courre les Teftes, comme à vn jeu ordinaire que
deuoit gagner celuy qui en feroit le plus : Sa Majefté eut encore celuy de la Courfe des Dames,
le Duc de S. Aignan celuy du jeu ; & ayant eu
l'honneur d'entrer pour le fecond à la difpute auec
Sa Majefté : L'addreffe incomparable du Roy luy
fit encore auoir ce prix, & ce ne fut pas fans vn
eftonnement, duquel on ne pouuoit fe deffendre,
qu'on en vit gagner quatre à fa Majefté en deux
fois qu'elle auoit couru les teftes.

On joüa le mefme foir la Comedie du Mariage
Forcé, encore de la façon du mefme Sieur de
Mollicre, meflée d'entrées de Balet , & de Recits : Puis le Roy prit le chemin de Fontaine-
bleau le Mercredy quatorziefme ; toute la Cour
fe trouuant fi fatisfaite de ce qu'elle auoit veu,
que chacun crut qu'on ne pouuoit fe paffer de le
mettre par efcrit, pour en donner la connoiffance
à ceux qui n'auoient pû voir des Feftes fi diuer-
fifiées & fi agreables ; où l'on a pû admirer tout
à la fois le projet auec le fuccez, la liberalité
auec la politeffe, le grand nombre auec l'ordre,
& la fatisfaction de tous. Où les foins infatigables de Monfieur de Colbert s'employerent en
tous ces diuertiffemens, malgré fes importantes
affaires ; où le Duc de S. Aignan, joignit l'action
à l'inuention du deffein ; où les beaux vers du
Prefident de Perigny à la loüange des Reynes,
furent fi juftement penfez, fi agreablement tour-

nez , & recitez auec tant d'Art ; où ceux que
Monsieur de Bensserade fit pour les Cheualiers,
eurentvne approbation generalle; où la vigilance
exacte de Monsieur Bontemps, & l'application
de Monsieur de Launay, ne laisserent manquer
d'aucune des choses necessaires : Enfin, où chacun
a marqué si aduantageusement son dessein de
plaire au Roy ; dans le temps où Sa Majesté ne
pensoit elle-mesme qu'à plaire ; & où ce qu'on
a veu ne sçauroit jamais se perdre dans la me-
moiré des Spectateurs, quand on n'auroit pas
pris le soin de conseruer par cét escrit le souuenir de toutes ces merueilles.

F I N.

PRIVILEGE DV ROY.

OVIS PAR LA GRACE DE DIEV, ROY DE FRANCE ET DE NAVARRE. A nos Amez & Feaux Conseillers, & les Gens tenans nostre Cour de Parlement, Preuost de Paris ou son Lieutenant, Baillifs, Senechaux, & autres nos Iuges ou leurs lieutenans, & à chacun d'eux si comme appartiendra, SALVT Nostre bien Amé ROBERT BALLARD, Nostre seul Imprimeur pour la Musique, Nous a fait remonstrer qu'il luy auroit esté mis vn liure en main, & par nostre ordre intitulé, *les Plaisirs de l'Isle enchantée, contenant Course de Bague, Collation ornée de machines meslée de dance & Musique ; Ballet du Palais d'Alcine, Feu d'artifice, la Comedie du Sieur Molliere Intitulée la Princesse d'Elide auec les Intermedes & autres Festes galantes & magnifiques que nous auons fait à nostre Chasteau de Versailles le septiéme May dernier & continuées plusieurs autres jours de suitte :* Lequel il desireroit mettre au jour au contentement d'vn chacun. A CES CAVSES desirans fauorablement traitter ledit exposant ; Nous, en consideration du labeur & trauail, & pour empescher qu'il ne soit frustré d'iceux, Luy auons de nostre

grace specialle , pleine puissance & authorité
Royalle , permis & octroyé , permettons &
octroyons par ces presentes , d'imprimer ou faire
imprimer en tel marge, volume & caractere qu'il
luy plaira , ledit liure , & de l'exposer en vente
& le distribuër durant le temps de sept années à
commencer du jour qu'il sera paracheué d'imprimer : deffendans à tous Imprimeurs, Libraires & autres personnes de quelque condition &
qualité qu'elles soient de l'imprimer ou faire imprimer , le vendre, & distribuër pendant ledit
temps ny mesme faire extraire partie d'iceluy à
peine de trois mil liures d'amande , aplicable
moitié à Nous , & l'autre moitié audit Exposant,
& de la confiscation desdits Liures imprimez &
contrefaits & de tous despens dommages & interests ; à la charge de mettre deux exemplaires
dudit Liure en nostre Bibliotheque publique, vn
autre en celle de nostre Chasteau du Louure, &
vn autre és mains de nostre cher & feal Cheualier le Sieur Seguier , Chancelier de France, auant
que de l'exposer en vente, & de faire registrer
ces presentes és Registres du Scindic de la Communauté des Libraires de nostre Ville de Paris,
à peine de nullité des presentes : du contenu
desquelles , Nous vous mandons que vous fassiez
joüir plainement & paisiblement , durant ledit
temps, ledit Exposant, où ceux qui auront droit
de luy ; & qu'en mettant au commencement ou
à la fin de chacun Liure vn extrait des presentes,
elles soient tenuës pour bien & deuëment signi-
fiée , & que foy soit adjoustée aux copies colla-

tionnées par vn de nos Amez & Feaux Conseillers & Secretaires Maison & Couronne, comme
à l'Original ; & que tous Exploits soient faits
pour l'execution des presentes par le premier de
nos Huissiers ou Sergens sur ce requis, ausquels
mandons de faire, nonobstant Clameur de Haro,
Charte Normande, prise à partie, & Lettres à ce
contraires. Car tel est nostre plaisir. DONNE' à
Paris le septiesme jour de Ianuier l'an de grace
mil six cent soixante-cinq, & de nostre Regne
le vingt-deuxiesme.

PAR LE ROY EN SON CONSEIL.

Signé VINCENT.

Registré sur le Liure de la Communauté des Imprimeurs & Marchands Libraires de cette Ville, suiuant & conformement à l'Arrest de la Cour de Parlement, du 8. Auril 1653. Et aux charges portées par le present Priuilege. A Paris ce 3. Feburier 1665.

Signé, E. MARTIN, Scindic.

Acheué d'imprimer pour la premiere fois le dernier Ianuier 1665.

Les Exemplaires ont esté fournis.

Ledit sieur Ballard a cedé & transporté le droit
du present Priuilege à Estienne Loyson & Gabriel
Quinet pour en joüir suiuant le traité qu'ils ont
fait ensemble.

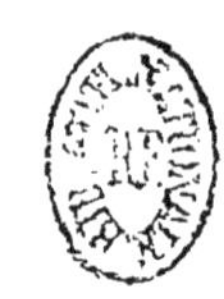

www.ingramcontent.com/pod-product-compliance
Ingram Content Group UK Ltd.
Pitfield, Milton Keynes, MK11 3LW, UK
UKHW021731090726
13657UKWH00002B/643